光文社文庫

長編時代小説

親子の絆

研ぎ師人情始末㈩

決定版

稲葉　稔

光　文　社

※本書は、二〇〇九年六月に光文社文庫より
刊行した作品を、文字を大きくしたうえで
さらに著者が加筆修正したものです。

目次

尾張殿
市谷
早稲田村
江戸川
音羽
護国寺
至板橋宿
江戸川橋
大塚
巣鴨
赤城明神
御納戸町
石切橋
神楽坂
若宮八幡宮
小日向馬場
切支丹坂
御薬園
日光御成街道
中山道
番町
牛込御門
傳通院
小石川
白山
神明宮
田安御門
駒込
清水御門
小石川御門
水戸徳川家
春日町
水道橋
千駄木
神田川
本郷
根津権現
道灌山
霊雲寺
池之端七間町
根津門前町
日暮里
神田明神
福成寺
池之端仲町
根津宮永町
不忍池
昌平橋
湯島天神
湯島切通町
明神下
弁天
鍛冶町
筋違御門
上野元黒門町
仁王門前町
根岸
谷中
内神田
和泉橋
外神田
下谷広小路
東叡山寛永寺
神田佐久間町
佐久間河岸
下谷金杉町
御徒町
下谷山崎町
豊島町
新シ橋
向柳原
広徳寺
通塩町
柳原土手
左衛門河岸
三味線堀
下谷竜泉寺町
平右衛門町
幡随院
同朋町
横山町
両国広小路
元鳥越町
猿屋町
甚内橋
茅町
米沢町
浅草橋
阿部川町
新吉原
両国橋
柳橋
御蔵前片町代地
新堀川
日本堤
尾上町
駒留橋
大川
旅籠町
東本願寺
回向院
首尾の松
御米蔵
御蔵前
日光道中
亀沢町
御竹蔵
御蔵前通り
浅草寺
奥山
浅草
小塚原
御厩河岸之渡し
浅草広小路
山谷町
駒形町
雷門
浅草観音
新鳥越橋
駒形堂
浅草
花川戸町
山谷堀
揚場
本所
南割下水
竹町
中之郷
竹町之渡し
吾妻橋
今戸橋
今戸町
白鬚之渡し
瓦町
中之郷
源森橋
源森川
小梅村
三囲稲荷
長命寺
向島墨堤
木母寺
北割下水
中之郷八軒町
寺島村
大横川
法恩寺橋
業平橋
亀戸村
小梅村
押上村
天神橋
十間川
柳島村
亀戸天神

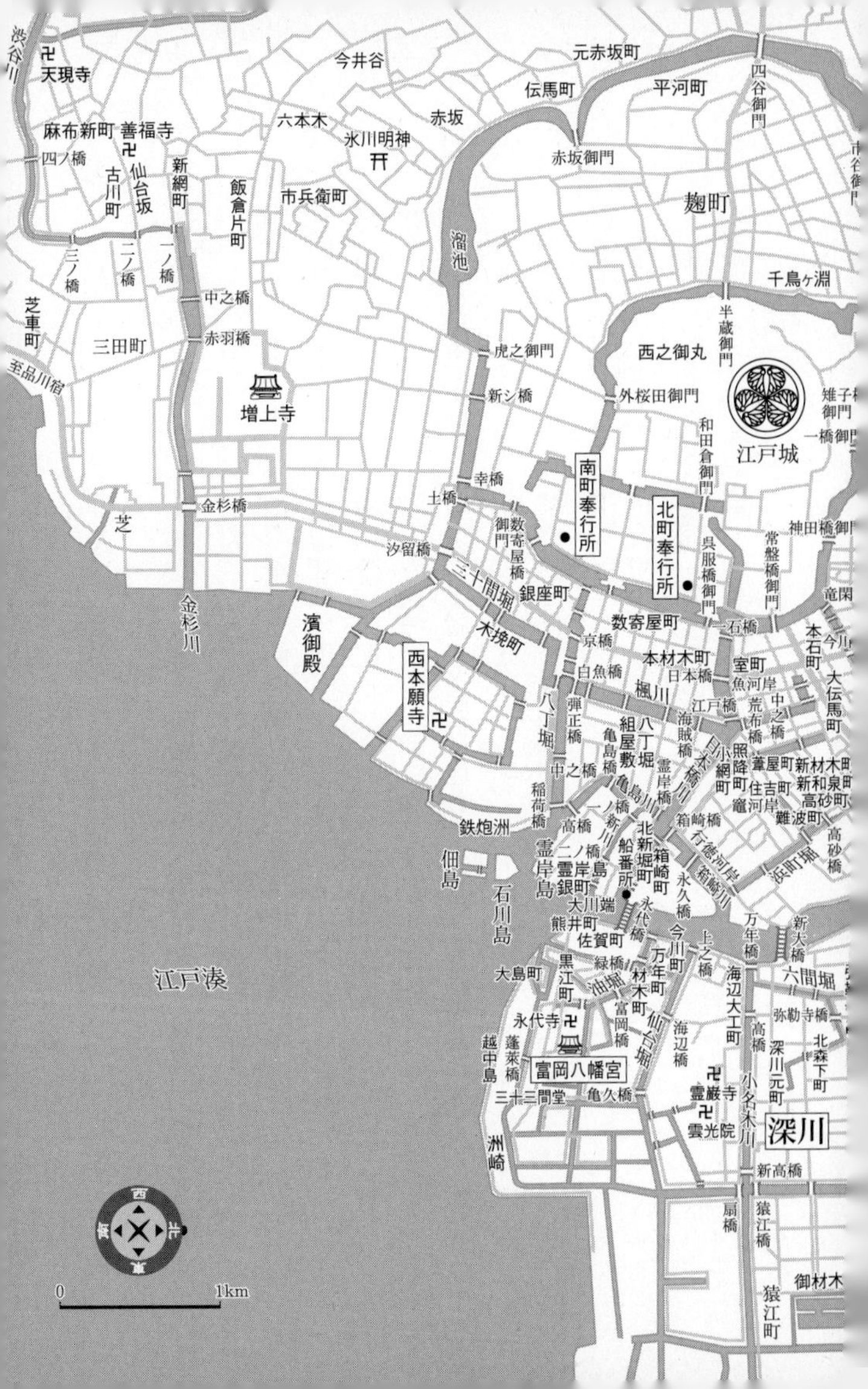

渋谷川
天現寺
今井谷
元赤坂町
伝馬町
平河町
四谷御門
麻布新町
善福寺
六本木
赤坂
氷川明神
四ノ橋
仙台坂
古川町
新網町
飯倉片町
市兵衛町
赤坂御門
麹町
溜池
三ノ橋
二ノ橋
一ノ橋
中之橋
千鳥ヶ淵
芝車町
三田町
赤羽橋
虎之御門
半蔵御門
西之御丸
至品川宿
増上寺
新シ橋
外桜田御門
雉子橋御門
江戸城
和田倉御門
一橋御門
幸橋
南町奉行所
北町奉行所
土橋
金杉橋
芝
御門
数寄屋橋
常盤橋御門
神田橋御門
汐留橋
呉服橋御門
三十間堀
銀座町
竜閑
金杉川
濱御殿
数寄屋町
一石橋
本石町
木挽町
京橋
今川
西本願寺
本材木町
日本橋
室町
大伝馬町
白魚橋
魚河岸
楓川
八丁堀
弾正橋
江戸橋
荒布橋
中之橋
組屋敷
八丁堀
海賊橋
亀島橋
霊岸橋
日本橋川
小網町
照降町
葺屋町
新材木町
新和泉町
住吉町
高砂町
竈河岸
中之橋
稲荷橋
亀島川
一ノ橋
新川
箱崎橋
難波町
鉄炮洲
高橋
北新堀町
行徳河岸
高砂橋
二ノ橋
箱崎町
船番所
浜町堀
佃島
霊岸島
霊岸島
銀町
永久橋
箱崎川
石川島
大川端
永代橋
万年橋
熊井町
今川町
新大橋
佐賀町
上之橋
緑橋
大島町
黒江町
油堀
万年町
海辺大工町
六間堀
江戸湊
材木町
弥勒寺橋
永代寺
富岡橋
仙台堀
海辺橋
高橋
北森下町
越中島
蓬莱橋
富岡八幡宮
小名木川
深川元町
三十三間堂
亀久橋
霊巌寺
雲光院
深川
洲崎
新高橋
西
北
南
東
扇橋
猿江橋
0
1km
御材木
猿江町

「親子の絆　研ぎ師人情始末（十）」　おもな登場人物

荒金菊之助　……………日本橋高砂町の源助店に住む研ぎ師。父親は八王子千人同心だった。
横山秀蔵　……………南町奉行所臨時廻り同心。菊之助の従兄弟。
五郎七　……………横山秀蔵の配下。
寛二郎　……………横山秀蔵の配下。
甚太郎　……………横山秀蔵の配下。
次郎　……………菊之助と同じ長屋に住む箒売り。横山秀蔵の配下。
志津　……………菊之助の女房。
浜吉　……………菊之助と同じ長屋に住む鳶人足。
定吉　……………南品川の大工。
正吉　……………定吉の弟。
直七　……………船宿「萬一」の船頭。
お滝　……………直七の娘。

親子の絆——〈研ぎ師人情始末〉(十)

第一章　夜逃げ

一

本所《ほんじょ》二ツ目橋通東にある弥勒寺《みろくじ》の墓地——その目立たない隅《すみ》に、小さな卒塔婆《そとば》が立てられた。野辺《のべ》の送りはそれで終わりだった。畳職人の定次郎《さだじろう》一家についてきたのは、わずか数人でしかなかった。

定吉《さだきち》はその小さな盛り土に立てられた線香と、菊の花をいつまでも見つめていた。線香から立ち昇る細い煙がゆるやかな風に流されていた。高く晴れあがった空で、地上の悲しみなど知らない二羽の鳶《とんび》が、戯《たわむ》れるように飛んでいた。

「さあ、そろそろ帰るか……」

父の定次郎が同行の者たちをうながした。それでも定吉は動かなかった。かすかに震える菊の花びらを、じっと見つめていた。

「にいちゃん、帰るってよ」

弟の正吉《まさきち》の声で、ようやく定吉は顔をあげた。弟が泣き腫らした顔を向けていた。唇を嚙んで、帰ろう、と小さくつぶやいた。父の定次郎も、定吉に向かって顎《あご》をしゃくった。定吉はそれでようやく歩きはじめた。誰もが黙り込んだままだった。

母の野辺送りについてきたのは、父親が世話になっている畳屋の職人と親方、そして長屋の万吉《まんきち》という年寄りだけだった。寂しい葬儀だった。

母のお正《まさ》が病に倒れたのは、つい十日ほど前だった。高熱を出し、譫言《うわごと》をいい、悪寒《おかん》に体を震わせつづけた。医者に診《み》せたくても家には金がなかった。あったとしてもそれは定次郎の酒代に消えていた。

「おとっつぁん、医者に診せたほうがいいよ。このままだと、おっかさん死んじまうよ」

定吉は父の袖をゆすって訴えたが、

「これしきで人間死ぬわけがねえ。なあに、明日になればけろっと治るさ」

父はそういって安酒をあおるだけだった。

しかし、定吉は母の病態がよくなるとは思えなかった。倒れて以来、何も口にしていないのだ。水こそ飲みはするが、隣のかみさんが作ってくれた粥《かゆ》を食べさせようとしても、

「あんたがお食べ。しっかり食べなきゃ大きくならないよ」

そういって母は息子の定吉や正吉に勧めるのだった。

定吉にはなぜ母がそんなことをいうのかわかっていた。自分の死を覚悟していたからだ。どうせ死ぬのだから、子供たちに食べさせようと思っているのだと。

「おっかさん、食べなきゃ元気になれないよ」

定吉が心配していっても、母は口許《くちもと》にやさしい笑みを――それはほんとうに心許《こころもと》ない、かすかな笑み――を浮かべて、

「おっかさんは、いらない。あんたたちでお食べ」

首を振っていうのだった。

いくら勧めても母は食べようとしなかった。近所の人たちが差し入れてくれた食べ物はわずかでしかなかったが、ありがたいことだった。そのありがたい差し入れを口にするのは、決まって父と弟の正吉だった。そんなとき、定吉は歯を食いしばってそっぽを向いていた。貧しいことが、だらしない父のことが悔しくて

ならなかった。だから、膝のうえで拳を握りしめて、空腹を我慢するだけだった。どうしておっかさんに食べさせてやらないのだ。どうして平気な顔で自分たちだけ食べられるのか。おっかさんに食わせなきゃ、ほんとに死んじまうだろ！

定吉は腹の底で叫んでいた。しかし、それを言葉にすることはできなかった。それは、家に食べ物がなかったからだ。

あったとしても、わずかな飯と味噌と塩ぐらいだった。おかずになる納豆やめざしがあっても、それは父・定次郎の酒の肴《さかな》に消えるのだった。いつからこの家はこんなに貧しくなったのだと思わずにいられなかった。

母・お正は倒れるまでは内職の針仕事をしていた。もっとも、わずかな収入にしかならなかったが、その金で具の入ったみそ汁や魚を食べることができた。ところが、お正が倒れて三日もすると、家にはわずかな米しか残っていなかった。酒ばかり飲んでいる父もさすがに米を買ったり惣菜を買ったりしたが、それも二日とつづかなかった。

だから定吉と正吉は飯に塩を振りかけたり、味噌をのせて食うだけだった。空腹に耐えかねた弟の正吉は、母がいらないという食べ物をがつがつ食った。父の定次郎は酒の肴にした。そんなとき、定吉は父を恨みがましい目でにらんだ。情けない父親だと蔑《さげす》んだ。弟にも腹は立ったが、まだ十三で自分の稼ぎがないからしかたないだろうとあきらめていた。

定吉はその年の春から大工見習いに出ていて、幾ばくかの給金をもらっていたが、まだ見習いということで、それは雀の涙でしかなかった。だから、早く一人前の大工になりたいと思っていた。

そんな矢先に母が倒れて、悲惨な生活を強《し》いられることになった。もっとも定吉は、仕事先で先輩格の大工や棟梁《とうりよう》から食べ物を恵んでもらうことがあったので、空腹だけは何とかしのぐことができた。しかし、兄弟子や棟梁が進んでこれを食いなといってくれるときはいいが、そうでないときは、

「あのぉ、ちょいとそのにぎり飯をひとつもらうわけにはいきませんか……」

と、物乞いのようにして頭を下げなければならなかった。

「ああ、かまうことはねえ。好きなだけ食いな」

と、気前よくいってくれる兄弟子はいいが、

「なんだ、てめえのおっかさんは飯も作ってくれねえのか」

と、小馬鹿にする者もいた。

定吉は屈辱に耐えるしかなかった。

二日前、母の容態が心配でならず、定吉は医者の家に行っていた。

「おっかさんの具合が悪いんで、診てもらえませんか。金はあとで必ず都合しますから」

土下座をして医者に頼んだ。だが、

「定次郎の倅《せがれ》だといったな。それじゃ無理だ」

医者は首を振って、定次郎の子ならあてにならないというのだった。

「そんなことといわないでください。おいらが働いて必ず払いますから、お願いします」

「どうしておまえさんが来るんだ。お正さんの具合が悪いんだったら亭主の定次郎が来るべきじゃないか。診てもらいたいんだったら、帰っておとっつぁんにそう伝えなさい」

「そしたら診てもらえますか？」

「……定次郎次第だ」

医者は冷たい土間に額をすりつけている定吉から目をそらした。

定吉は飛ぶように駆けて家に戻ると、医者のいったことを早口で父に告げた。

「ふざけたことぬかす医者も医者だが、なぜおまえはおれに断りもなく医者のところに行きやがった。勝手なことして恥をさらすんじゃねえ！」

定吉はいきなり拳骨《げんこつ》で殴られた。

結局、母を医者に診せることはできなかった。そして、母は死んでしまった。


「定次郎さん」

万吉の声で、定吉は我に返った。父を呼び止めた万吉が父を冷え冷えとした目で見ていた。弥勒寺の境内を出てすぐのところだった。

「これからは真面目に働くことだ。親方もこうやって来てくれたんだ」

万吉は父の雇い主である喜兵衛《きへえ》を見て言葉を足した。

「定吉は大工見習いに出たが、正吉はまだ面倒を見なきゃならない年頃だ。あんたひとりなら、わたしもこんなことはいわないが、お正さんがこんなに早く、しかも若くしてなぜ死んだかをよく考えることだ」

「そんなことは……」

「定次郎、万吉さんのおっしゃるとおりだ。てめえが心を入れ替えなきゃ、おれも面倒はみねえぜ」

定次郎を遮《さえぎ》って喜兵衛が強い口調でいった。そのことで定次郎は黙り込んだ。

そんなやり取りを見ていた定吉は、心底、父親に愛想をつかした。

二

家に帰ると、父は香典代わりにもらった酒を飲みはじめた。

「おとっつぁん、明日から仕事に出るんだね」

「なんだと」

父は口をねじ曲げて定吉をにらんだ。

「おっかさんが死んだから、もうわかったんじゃないのか。万吉さんも喜兵衛さんも、真面目に働くようにいったじゃないか。おとっつぁんがしっかりしていれば、おっかさんは死ななくてよかったんだ」

「……なに」

定吉は父の形相《ぎょうそう》が変わったので、一歩たじろいだ。

「てめえにつべこべいわれなくてもわかってるよ。いつからそんな生意気をいうようになりやがった」

欠け茶碗を置いた父に殴られそうになったので、定吉は逃げるように表に飛び出した。

「おとっつぁんの馬鹿野郎！」

吐き捨てると、そのまま長屋の路地を駆け抜けた。

「にいちゃん！」

表の通りに出たところで正吉が声をかけてきた。定吉は立ち止まって正吉を待った。

「どこ行くんだい？」

息を切らしながら正吉がいった。

「もうあんな家には戻らない。おまえもついてこい」

「ついてこいって……」

「いいから来るんだ」

定吉は夕暮れの浜町堀《はまちょうぼり》沿いを大川《おおかわ》に向かって歩いた。どこへ行くというあてはなかった。ただ、情けない父親のいる家には戻りたくなかった。母が死んだとき涙が涸《か》れるほど泣いたのに、また涙が溢《あふ》れていた。しかしそれは、悲しみの涙ではなく、父への憤りと何ともいえない悔しさが込みあげているのだった。

「にいちゃん、泣いてるのかい」

正吉がのぞき込むように見てきた。

「馬鹿野郎！」

定吉はいきなり弟を殴りつけた。頬桁《ほおげた》を張られた正吉は尻餅をついて、驚いたように目を瞠《みは》っていた。定吉はそんな弟を見下ろしながら、ハアハアと肩で荒い息をした。西日が涙で濡れた顔をあぶっていた。

「くそっ」

片腕で両目をこすると、弟に背を向けて歩きだした。右には西日をはじく大川、左には大名屋敷の長塀があった。先のほうに夕日に染まった新大橋《しんおおはし》が見えた。

「にいちゃん、どこ行くんだよ」

涙声を出しながら正吉が追ってきて、定吉の手をつかんだ。定吉はその手を振り払って、正吉をにらみつけた。

「おっかさんが死んだのは、おまえのせいもあるんだ」

「……なんで」

正吉は驚いたように目を瞠った。

「どうしておっかさんの食い物を勝手に食いやがった。近所の人が見舞いに持ってきた飯を、おまえはうまそうに食ったな」

「だって、それはおっかさんが食わないから……」

「うるせー！」

定吉は強く弟の胸を突いた。

「食っちゃいけなかったんだ。おっかさんに食わせなきゃならなかったんだ。飯さえ食ってれば、おっかさんは死ぬことはなかったんだ。だけどな……だけどな……」

話しているうちに胸が熱くなった。悲しみと怒りがない交ぜになって、両目からまた涙が溢れた。正吉は棒を呑んだような顔で、泣いている定吉を見ていた。

「おっかさんは、おれたちがひもじい思いをしているから、弱っている自分のことなどかまわずにおれたちに飯を食えといったんだ。自分より、おれたちのことを思ってそうしたんだ。ほんとはおっかさんは腹ぺこだったんだ」

「……ほ、ほんと」

「それなのに、おまえは……」

かっと頭に血が上ってしまった。定吉はまた正吉を殴った。一発、二発。正吉は悲鳴をあげて地に転んだ。だが、定吉は見境をなくしていた。悔しさや怒りをか弱い弟にぶつけていた。転んだ正吉の尻を蹴り、背中を蹴った。正吉は泣きながらやめてくれと叫んだ。だが、定吉は容赦しなかった。殴って、蹴りつづけた。

「おまえがおまえが、おまえが、悪いんだ」

思い切り蹴飛ばすと、正吉は悲鳴をあげて川に落ちそうになった。

「やめて、やめてくれよ」

正吉は地面に這《は》いつくばったまま、くしゃくしゃの泣き顔で許しを求めた。その背後は大川だった。

「おまえなんか、おまえなんか死んじまえばいい」

定吉は強く弟の肩を蹴った。そのとき正吉は立ちあがろうとしていたので、体の均衡を保つことができなかった。

「わあー」

正吉は後ろにのけぞるように倒れたと思ったら、そのまま川のなかに落ちてしまった。定吉はその一瞬のことに、動くことができなかった。目の前でくるくる両手を動かしていた弟が、視界から、ぽっと消えたことを、すぐには現実として受け入れることができなかった。それでもよろけるように岸辺に立ち、川に視線を落とした。弟はどこにも見えなかった。夕日に染まる川のあちこちに視線を這《は》わせたが、やはり弟はいなかった。

「……正吉」

ぽつんとつぶやいて、今度は通りに目をやった。あっちにもこっちにも……。人影はなかった。誰もいま起きたことを見た者はいなかった。

定吉に戦慄《せんりつ》が走った。顔がこわばり、自分のしでかしたことに恐怖した。弟を助けなければならない。だが、その姿はどこにもなかった。とんでもないことをしてしまったという後悔の念に打ちのめされた。

定吉はどうすればいいかわからなかった。誰かに助けを求めなければならないと思ったが、そうすることができなかった。もし、弟が死んでいれば、自分は人殺しになるのだ。そのことを思うと、ますます怖くなった。それでも、定吉は正吉の消えた川をずっと見ていた。いくら見ても、正吉を見つけることはできなかった。

いつしか日が落ちて暗くなっていた。

「正吉……」

小さなつぶやきをこぼした。嘘だろうと思った。きっと嘘だと、胸の内でつぶやいた。さっきのは悪い夢で、正吉は家にいるはずだ。もちろん、それは身勝手な思い込みでしかないということはわかっていたが、正吉が死んだことを信じる気持ちにはなれなかった。

定吉は日の暮れた道をとぼとぼと引き返した。きっと正吉は家で待っていると、思い込もうとした。そして、そうであってくれと心の底で祈っていた。家に帰って正吉に会えることを願っていた。

長屋の路地には夕餉《ゆうげ》の煙がたなびいており、戸口からは人の笑い声や明かりがこぼれていた。自分の家の戸は閉まっていた。定吉は戸に手をかけて、正吉いてくれよと、心のなかで祈った。それからそっと戸を開けた。

居間で酒を飲んでいた父の赤く血走った目が、鋭く射るように向けられてきた。

「どこをほっつき歩いてたんだ。てめえのおっかあが死んだってえのに、遊びまわってるんじゃねえ」

「……正吉は」

定吉は父の叱責《しっせき》を無視して三和土《たたき》に立った。

「正吉はおまえを追いかけて出て行ったよ」

「どこへ……？」

定吉は茫洋《ぼうよう》とした目で、酒に酔っている父を眺めた。

「どこへだと……。へん、そんなこと知るか。気になるんだったら捜してこい」

「帰ってないんだ」

「何を寝言みたいなことといいやがる。おい定吉、それはそうと、おまえは親に向かって馬鹿野郎と呼ばわりやがったな。親に向かってよくそんなことがいえたな」

父は口についた酒のしずくを、手の甲でぬぐって定吉に近づいてきた。点《とも》された行灯《あんどん》が、酔った父の顔を赤く染めていた。

「親に向かって生意気な口を利くんじゃねえ！」

いきなり父の平手が定吉の頬を打った。定吉はその勢いで横に倒れ、上がり框《かまち》に置いてあった自分の道具箱に手をついていた。鼻のあたりがにわかに生暖かくなり、血がしたたった。定吉は黙ってその血を見ていた。

「今度同じことといいやがったら、これくらいじゃすまねえからな」

そう吐き捨てた父は、元の場所に戻ってあぐらをかき、また欠け茶碗に酒をついだ。

定吉はじっと動かなかった。道具箱に右手を突っ込んだまま、上がり框に落ちる自分の鼻血を見つめていた。右手の指を動かすと、鑿《のみ》に触れた。そのままゆっくりつかんで、酒をあおる父をにらんだ。

「殺したな……」

つぶやくと、父が「へっ」といって、顔を向けてきた。

「おっかさんを殺したのは、おとっつぁんだ」

「なんだと……」

定次郎が眉間《みけん》にしわを刻んだとき、定吉は鑿を強く握っていた。それから勢いよく振りあげると、

「人殺しが！」

叫ぶなり、鑿を振り下ろしていた。鑿の切っ先は、自分の身を庇《かば》うためにあげた父の右腕を抉《えぐ》っていた。

「あっ」

腕を怪我した父は、背を丸めて顔をしかめた。抉られた腕から血がぼとぼと落ちていた。

「てめえ、なんてことを……」

父がうずくまったまま定吉をにらんできた。定吉もにらみ返した。

「おとっつぁんが、おとっつぁんが殺したんだ。……ちくしょう」

定吉は短く吐き捨てると、勢いよく家を飛び出した。

三

十年後。文政《ぶんせい》七年（一八二四）六月下旬——。

江戸の町は茹《う》だるような暑さに見舞われていたが、夕暮れになると心なし涼しげな風が吹くようになった。その男は、高砂町《たかさごちょう》にある源助店《げんすけだな》の木戸口で足を止めると、木戸番小屋の番人を用心深く眺めた。番小屋にいる番人は、諸肌《もろはだ》を脱ぎ腹掛けのなりで、さかんに団扇《うちわ》をあおいでいた。

狭いながらも小屋には塵紙《ちりがみ》や蠟燭《ろうそく》、草鞋《わらじ》などの売り物が並べてあり、蚊遣《かや》りが焚《た》かれていた。番人の脇には行灯が点してあった。男はその番人の顔を探るように見て、知っている男ではないと思った。それからゆっくり長屋のなかに入っていった。

夕暮れの路地は表より暗く、真ん中に走るどぶから異臭が漂っていた。顔のまわりで飛び交う蠅《はえ》を手で払い、人に顔を見られないようにややうつむき加減に足を進める。

男は縦縞《たてじま》の木綿を着流していた。雪駄《せった》を履き、小倉《こくら》の帯を締めていた。しばらく行ったところで足を止め、ゆっくり顔をあげてまわりを見た。近くの家から出てきた女房と目が合ったが、相手は怪訝《けげん》そうな顔をしただけで井戸のほうに歩いていった。

井戸の向こうには翳《かげ》りゆく空が広がっていた。

男は視線を目の前の家に戻した。戸は開け放してあり、戸口横に看板が下がっていた。

「御研ぎ物」と大書された横に、「御槍　薙刀　御腰の物御免蒙る」と添え書きがあった。男はその看板を読んで躊躇《ためら》ったが、思い切って戸口の前に立った。

家のなかには豆絞りの手拭いを頭に巻き、片肌脱ぎになって包丁を研いでいる男がいた。だが、すぐ気配を察したらしく、顔をあげて男を見た。

「何かご用で」

問われたが、男は黙っていた。

研ぎ師は蒲《がま》の敷物に座っており、そのまわりには砥石《といし》や半挿《はんぞう》、水盥《みずだらい》などがあった。

「ここにはいつから……?」

「いつから……。いつ越してきたかと聞いているのかな?」

「そうです」

「そろそろ四年になるかな」

研ぎ師は額と首筋の汗をぬぐった。

「四年……」

「注文でもなさそうだが、どんな用で……」

「家主は何といいます？」

「妙なことを聞くな。源助さんとおっしゃるが、知り合いなのか？」

研ぎ師は探るような目を向けてきた。年は三十半ばぐらいで、嫌みのないいい顔をしている。それに職人臭さが感じられない。律儀《りちぎ》な性格なのか、仕事場となっている家のなかは整然としていた。

「家主に用があるなら住吉町《すみよしちよう》の住まいに行くことだ」

男が黙っていると、研ぎ師がそんなことをいった。

「住吉町ですか……」

「隣町だよ。前の家主は南側筋に住んでいたらしいが、いまの家主は住吉町に住んでいる」

「あの、前の家主の名は？」

「たしか、新兵衛《しんべえ》さんといったかな……」

そうだったかと、男は思った。

「新兵衛さんはいまは？」

「亡くなったと聞いているが、とにかく家主に用があるなら直接訪ねてみることだ」

研ぎ師はそういうと、包丁に水をかけて研ぎ汁を流した。男には用がなければ帰れというように取れた。

「お邪魔しました」

軽く頭を下げて行こうとすると、すぐに待ってくれと声をかけられた。

「あんた、どこの誰だい？」

「あっしは……」

男は視線を彷徨《さまよ》わせたあとで、

「あっしは南品川《みなみしながわ》の大工で平吉《へいきち》と申します。仕事の邪魔をしてすみませんでした」

そう答えて、研ぎ師の家をあとにした。

平吉は木戸口ではなく長屋の奥に歩いて行き、南側の長屋を通り過ぎて表に出た。それからしばらく時間をつぶし、もう一度源助店に戻った。今度は一軒一軒の家を探るように観察して歩いた。だが、見知っている者は誰もいないようだった。

もっとも、すべての住人をたしかめたわけではないので、知り合いがいる可能性はあった。

「なんだ、まだいたのか……」

不意の声に振り返ると、最前会ったばかりの研ぎ師だった。

「平吉といったな。大家には会えたか?」

「いえ」

「人捜しでもしているのかね」

「そういうわけではありませんが……」

平吉は研ぎ師の視線を外して、遠くに視線を投げた。

「何か事情《わけ》がありそうだな」

平吉はそれにも答えずに、ただ黙って研ぎ師を眺め、

「別にあやしい者ではありませんので、これで失礼します」

そういって背を向けて木戸口を離れた。

平吉は住吉町に住む家主の源助を訪ねようかどうしようか迷った。しかし、会ったところでその家主に何がわかるだろうかと思いもする。

しばらく行って振り返ると、木戸口の前に研ぎ師がまだ立っていた。それは黒い影でしかなかったが、じっとこっちを見ているのがわかった。

平吉はその視線を外すように背を向けると、足早に歩き去った。

四

荒金菊之助《あらがねきくのすけ》の家は源助店の南側筋にある。仕事場にしている部屋は、日当たりのよくない北側だが、こちらは日当たりもよく風通しもよかった。開け放たれた縁側から吹き込む夜風が、蚊遣りの煙を流していた。

夕餉の膳《ぜん》の前で菊之助は団扇をあおぎながら、冷や酒をちびちびやっていた。台所に立つお志津《しづ》が、瓜《うり》の漬け物を切っていた。トントントンという小気味よい音が響いている。

お志津は花模様のある涼しげな白地の浴衣《ゆかた》を着て、前垂れをしていた。漬け物を切り終わったらしく、ふうと吐息《といき》をつき、手の甲で額の汗をぬぐって、菊之助を振り返った。

「冷や奴《やっこ》も出しましょうか?」

「うむ、頼む」

菊之助が応じると、お志津は切った漬け物を運んできて、また台所に戻った。縁側でちりんちりんと、風鈴が鳴っていた。夜蟬《よぜみ》の声がとぎれとぎれに聞こえていた。

菊之助は酒をつぎ足して口に運んだが、猪口《ちょこ》を途中で止めた。

「もしや、こっちに若い男が来やしなかったか?」

お志津に声をかけると、

「若い男の方ですか?」

と、お志津が振り返った。

「夕刻にわたしの仕事場を訪ねてきて、妙なことを聞くんだ。若いといっても二十五、六だろう。南品川の大工で平吉と名乗ったのだが、どうも気になる……」

「妙なこととは?」

「ここに越してきたのはいつだ、家主は何というのだと……。隠すことはないので教えてやったのだが、何かわけありの顔をしてそのまま帰っていった。ところが、そのまま長屋を出て行ったのではなかったのだ。注文の包丁を届けに行って戻ってくると、まだ木戸口のそばにいたのだ」

「長屋の誰かに用事でもあったのでしょうか」

「さあ、それはどうだろう」

菊之助が酒に口をつけると、お志津も台所仕事に戻った。そのとき、慌《あわ》ただしい足音がして、戸口から次郎《じろう》が飛び込んできた。

「菊さん」

と、声を発して肩で荒い息をした。

「どうした？」

「浜吉《はまきち》さんが、竈《へっつい》河岸《がし》で大喧嘩してるんです。誰か止めないと大変なことになりそうなんです」

「浜吉が……」

半年前に越してきた鳶《とび》人足だった。

「どういうことで喧嘩になったか知らないけど、相手が悪いんですよ。見たことのない地廻りで、止めないとひどいことになりますよ」

菊之助は盃《さかずき》を置いて腰をあげた。

「番屋《ばんや》に知らせは走っているんだな」

「知らせてありますけど、番屋の人じゃ頼りないから、菊さんならどうにかしてくれると思って呼びに来たんです」

「相手はひとりなの？」

台所にいたお志津が包丁を手にしたまま次郎に聞いた。

「三人です」

「それじゃ、浜吉さんは三人を相手にしているの」

「そうなんですよ」

「お志津、ちょっと行ってくる」

菊之助は雪駄に足を通すと、そのまま家を飛び出した。次郎があとを追いかけてくる。同じ長屋に住む若者で、普段は箒《ほうき》売りをしているが、ときどき南町奉行所の臨時廻り同心・横山秀蔵《よこやまひでぞう》の手先となって動くことがある男だった。

菊之助の自宅から竈河岸まで二町《ちょう》（約二二〇メートル）ほどだ。通りには軒《のき》行灯や提灯《ちょうちん》の明かりがあった。夏場とあって戸を開け放している家がほとんどだ。

竈河岸には野次馬《やじうま》がたかっており、その人垣の向こうで怒鳴りあう声がしていた。

「どいてくれ、どいてくれ」

菊之助は人垣を分けて前に出た。

ひとりが鼻から血を流してうずくまっており、浜吉はやや前屈みの姿勢になって、肩で荒い息をして二人の男と向かい合っていた。

「やるならとことんやってやるぜ。やくざが怖くって生きてられるかってんだ」

浜吉は怒鳴るようにいって、唇の端についた血を右腕でぬぐった。

「おい、舐めるんじゃねえぜ。ひとりだからって手加減してやったが、仲間をいたぶられちゃこのまま引っ込むわけにはいかねえ」

見るからに地廻りとわかる男が低く抑えた声でいった。頬髯《ほおひげ》を生やした背の高い男だった。

「おう上等じゃねえか、こちとら端《はな》から引っ込むつもりなんざねえよ。死ぬ気でかかってきやがれってんだ」

「兄貴、この野郎いかれてんだ。こうなったらほんとうに痛い目にあわしてやるしかねえようだ」

いったのは牛のように頑丈な体つきをした男だった。下駄を踏んづけたような顔をしていた。その男がさっと懐から匕首《あいくち》を引き抜いた。刃がキラッと夜闇のなかで光った。野次馬たちは息を呑んだり、刃物出したぜなどとつぶやきを漏らした。

「卑怯《ひきょう》なことをしやがる、そんなもん出さなきゃ相手できねえってのか!」

「うるせー!」

牛のような体をした男が匕首を、ビュッと振りまわした。浜吉はとっさに後ろに下がった。野次馬のなかから小さな悲鳴があがった。

やくざは再度、浜吉を切りつけにいった。

「やめないか!」

牛のような体をした男の腕を菊之助がつかんだ。

「なんだ、てめえは?」

相手が赤く血走った目で菊之助をにらんできた。

「どういうわけでこんなことになったか知らないが、この辺でやめておこうじゃないか。それにこんなところでの刃傷沙汰《にんじょうざた》は感心できぬ」

「何をこの、きいたふうな口をききやがって」

相手は腕を振り払おうとしたが、菊之助は放さなかった。

「おまえもいい加減にしないか。くだらない道草くってないで早く家に帰るんだ」

菊之助は浜吉を見ていった。

「しかし、こいつらが……」

「とにかく喧嘩は終わりだ」

菊之助は牛のような男を突き放した。その勢いで、男は数歩たたらを踏んで振り返り、牙を剝《む》いたような顔で菊之助をにらんだ。

「てめえ、出しゃばったことを……」

そういうが早いか、男は菊之助に斬りかかってきた。菊之助がひょいと腰を落として、足をすくうように蹴ってやると、男は宙で一回転して、したたかに尻を地面に打ちつけて顔をしかめた。

「てめえ、よくも弟分を」

今度は兄貴と呼ばれた背の高いやくざだった。菊之助の襟《えり》をつかんで引き寄せた。目をぎらつかせ、酒臭い息を吐きかけてきた。

「こんなとこで恥をかかせられちゃ、黙っちゃいられねえ」

「恥ならもうすでにさらしている。おまえさんが兄貴分らしいが、ここはおれに免じてお開きにしてくれないか」

「ふざけるなッ！」

兄貴分はいきなり菊之助を突き飛ばした。それだけではなく、この男も匕首を引き抜くではないか。菊之助は指先で浴衣の襟を正して、

「わからない男たちだ。このままだと町方《まちかた》の世話になることになるぞ」

と、あくまでも冷静に諭《さと》すが、

「町方がなんだってんだ！　野郎、半殺しにしてやる」

兄貴分は匕首をびゅんびゅん振りまわし、突いてきた。菊之助は下がってかわし、また横に動いて軽くいなすと、突き出してきた相手の腕をつかみ取り、さっと足払いをかけて倒した。

倒された相手はどうなったのかわからず、目をぱちくりさせていた。菊之助はそばに落ちた匕首を素早く蹴った。匕首は堀川に落ちて、ぽちゃんと音を立てて沈んだ。

「ここまでだ。これ以上の騒ぎはやめようじゃないか」

菊之助が静かにいうと、

「ち、ちくしょ……覚えてやがれ……」

兄貴分はお決まりの捨て科白《ぜりふ》を吐くと、二人の仲間に顎をしゃくって逃げていった。

五

「からかうだけならまだしも、仲居の尻を触ったりするんで、我慢できなくなっちまったんです」

浜吉はそういって茶をすすった。

竈河岸から菊之助の家に戻っているのだった。

「それじゃ、浜吉さんを責めることはできませんね」

ついてきた次郎が神妙な顔でいう。

「店の者も迷惑顔だったし、まわりの客も見かねていましたから……」

浜吉は言葉を足した。

「まあ、おまえの気持ちもわからなくはないが……」

「そりゃ、相手が悪いとは思いましたが、ちょいと注意しただけで嚙みつくような顔をして、いきなり怒鳴られちまっては、おれも引っ込みがつかなくなって……」

「まあもういい。だが、これからは無闇に喧嘩などしないことだ」

「そうですよ。浜吉さんに何かことでもあったら、おたえさんだって、お夕《ゆう》ちゃんだって困ることになるんですからね」

お志津が諭すようにいった。おたえとは浜吉の女房で、お夕は四歳になる娘だった。

「へえ、それはもう……とにかくすいませんでした」

浜吉は首の後ろをかきながら頭を下げた。

「だけど、あいつらこのまま黙っているでしょうか」

心配顔でいうのは次郎だった。

「こっちが悪いんじゃないんだ。何かいってきたら、今度は組の者揃《そろ》えて向かってやるよ」

浜吉は威勢のいいことをいう。鳶人足のほとんどは町火消《まちびけ》しに属している。浜吉はその後ろ盾があるから、強気なことをいうのだ。だが、菊之助はそれを窘《たしな》めた。

「浜吉、もしそんなことがあっても荒立てないことだ。どうしても聞き分けがないようだったら、組頭に相談して、相手と話し合ってもらえ。話をこじらせることはない」

「……ま、そうですね」

浜吉は素直に折れたが、菊之助もこのままおとなしく終わるとは思っていなかった。

「それにしても、菊さんがあんな立ち回りをするとは驚きました」

「そんなことはどうでもいい。さ、いつまでも油を売ってるんじゃない。おたえさんとお夕が心配して待っているのではないか」

「へえ、そうでした。とにかくお世話になりました。それじゃおかみさん、あっしはこれで。次郎、悪かったな」

浜吉はそういって自宅に帰っていった。

「次郎ちゃん、ご飯はすませたの？」

浜吉が帰ったあとで、お志津が聞いた。

「へえ、軽く引っかけただけでまだです」

「それなら食っていくがいい」

菊之助が勧めると、次郎の相好《そうごう》が崩れた。お志津が急いで夕餉の膳部《ぜんぶ》を調《ととの》えると、二人は向かい合って飯を食べはじめた。

次郎との付き合いは、菊之助とお志津がいっしょになる前からだから、かれこれ三年ほどになる。会った当初はまだ青臭い青年だったが、いまは立派な大人の顔になっていた。本来は瀬戸物屋をやっている本所尾上町《おのえちょう》にある実家で仕事の手伝いをしている男だが、長兄と反《そ》りがあわずに家を飛び出しているのだった。それでもときどき実家には顔を出しているらしく、家族との縁を断っているわけではなかった。

「竈河岸にはどうして行ったんだ?」

菊之助は飯を頬ばって聞いた。

「五郎七《ごろしち》さんと聞き込みの帰りに軽くやって、別れたあとで通りかかったんです。すると怒鳴り声がして、喧嘩騒ぎが起きていて、のぞくと浜吉さんだったので、こりゃ大変だと思ったんです」

五郎七というのは、横山秀蔵の手先になっている鉤鼻《かぎばな》の男だった。

「聞き込みというと、何か探っているというわけか……」

「築地《つきじ》で船頭殺しがあって、その下手人捜しです」

「船頭を……」

「へえ」

次郎は沢庵《たくわん》をぽりぽり噛んでから言葉を足した。

「じつは、船頭はついでに殺されたようなもんなんです。近くで辻強盗があり、その下手人が舟で逃げるために、船頭を刺し殺したんです」

「下手人の目星はついているのか？」

「いえ、まだです。ただ下手人の使った舟が、今日の昼間、湊《みなと》橋のそばで見つかったんで、近所に聞き込みをしていたんです」

「強盗にあった者に怪我は？」

「脅されて金を盗まれただけで怪我はしてませんが、盗まれた巾着《きんちゃく》には三十両の大金が入っていたらしいんです」

「三十両を持ち歩くとなると、ただ者じゃないだろう」

「木挽町《こびきちょう》にある美園《みその》屋という反物《たんもの》屋の主《あるじ》です」

「それじゃ、下手人は美園屋をつけ狙っていたのではないか……」

「横山の旦那もそう考えているようです。店に詳しいやつだと。ひょっとすると店の者ではないかと……」

「なるほど」

菊之助は碗を置いて、茶に口をつけた。

「これ以上調べが進まないと、菊さんにも声がかかるかもしれませんよ」

「それは御免蒙りたいね。だが、早く下手人が捕まればよいな」

「次郎ちゃん、お代わりは？」

お志津が聞くのへ、次郎はもう結構ですと断った。

「さっきの次郎ちゃんがいったこと、そうならないといいですわ」

お志津がつぶやきを漏らしたのは、次郎が帰ってすぐのことだった。

縁側で団扇をあおいでいた菊之助は、お志津を見た。

「何のことだね」

「船頭殺しのことです。また、菊さんの出番になると、わたしは心配でなりませんから」

「頼まれても、そんな暇はないさ。仕事が溜まっているんだ」

実際、このところ研ぎ仕事の注文が増え、納品に遅れそうになっていた。

「でも秀蔵さんに頼まれたら、菊さんは断ることができないでしょ」

「今度ばかりは願い下げだね」

「そうしてもらえればいいのですけど……」

菊之助は台所へ下げ物をするお志津の後ろ姿を眺めた。

ときどき、秀蔵の助っ人をすることがあるが、お志津は以前からそのことを気にかけていた。町方の捕り物に加わるわけだし、相手は凶悪犯が多い。お志津の気持ちはわからなくもなかったし、菊之助自身も率先して受けているわけではなかった。ただ、頭を下げて頼まれると、どうしてもいやだといえない性分なのだ。

「断るよ、断るさ……」

独り言のようにつぶやきを漏らす菊之助は、団扇をあおぎながら夜空を眺めた。

六

翌朝、いつものように北側筋の仕事部屋に入った菊之助は、ひたすら仕事に精を出していた。風の通りが悪いため、包丁を一本研ぐだけで汗だくになった。諸肌《もろはだ》を脱ぎ、水を飲み、したたる汗をぬぐいながらの仕事である。

それでも手を抜くわけにはいかず、一本また一本と仕上げてゆく。包丁には片刃と両刃があり、厚手の出刃から刃の薄い蛸引《たこび》きなどそれぞれである。研ぎはその包丁に合わせておこなわなければならない。

また、錆落《さび》としからはじめるものもあれば、中研《なかと》ぎからはじめていい包丁もある。仕事は砥石を使ってただ研ぐのではなく、研ぎの段階で刃こぼれや形直しもしなければならない。さらに包丁には使う者の癖がついているので、それも直さなければならなかった。

小刃《こば》を研ぎ終えた菊之助は、研ぎ汁を指先で払い、包丁を日の光にさらし、親指の腹で研ぎ具合をたしかめた。

と、そのとき、日が翳《かげ》って、家のなかが一瞬暗くなった。それは戸口に人が立ったからだった。片目をつぶって刃先をたしかめていた菊之助が、戸口に視線を向けると、

「精が出ているようだな」

と、口許に笑みを浮かべた横山秀蔵が三和土《たたき》に入ってきた。

「何だ、茶飲み話なら相手はできないぞ」

菊之助は邪慳《じゃけん》にいう。秀蔵とは幼馴染みで従兄弟《いとこ》なので、互いにぞんざいな口を利く。秀蔵は絽《ろ》の羽織の袖をさっと翻《ひるがえ》して、上がり口に腰をおろした。ちらりと菊之助を見やり、表に顔を向け、扇子を取り出してあおいだ。鬢《びん》付け油のいい匂いが漂った。

聞く前から菊之助は、昨夜次郎から聞いた件ではないかと察していた。

「何か用か？」

「用がなきゃ、こんなむさ苦しいところに顔なんざ出さないさ」

「ひとりか？」

「ああ、猫の手も借りてえぐらいだから小者《こもの》たちは暑いなかを歩きまわっている」

そういって、秀蔵は菊之助に顔を向けた。

鼻筋の通った色白の顔には、きりりと吊り上がった流麗《りゅうれい》な眉と、涼しげな目がある。それにすらりと背が高いので、見目《みめ》がいい。ひそかに秀蔵に憧れている町娘はひとりや二人ではなかったが、残念ながら妻帯者だ。

「船頭殺しの件じゃあるまいな。だが、見てのとおり、おれは仕事に四苦八苦している。いつものようにおまえの話は聞けないぜ」

菊之助が先に釘を刺すと、秀蔵の眉がぴくっと動いた。

「誰にそのことを聞いた？」

「昨夜、次郎から大まかな話を聞いた。それだけのことだ」

「それじゃ話が早い。金を盗られたのは、美園屋芳右衛門《よしえもん》という反物屋の亭主だ」

「盗られた金は三十両。大方身内か、その亭主をよく知る者の仕業《しわざ》だろう」

「……そういうことだ。だが、可哀相なのは殺された船頭だ」

菊之助は研いでいた包丁をきれいに水で洗って、乾いた布で拭き取った。秀蔵は勝手に話をつづけた。

「船頭には幼い子供がいた。物心ついたばかりの可愛い娘だ。女房は去年の暮れに風邪をこじらせて死んじまっているから、可哀相に二親をなくしたことになる」

菊之助は晒《さらし》で巻いた包丁を膝許に置いて、秀蔵を見た。

「その子はどうしているんだ？」

「しかたねえから番屋で預かっている。親戚に沙汰を取っているが、これが待てど暮らせど、なしのつぶてだ。連絡《つなぎ》が取れた者もいるにはいるが、自分の家では引き取れないとぬかしやがる。困ったもんだ」

秀蔵は「はあ」と、やるせなさそうな吐息をついた。

「それは放ってはおけないな」

「そうなのだ。そこで頼みがある」

秀蔵は体をねじって、菊之助を正面から見た。

「おまえの家には子がない。面倒を見てもらうわけにはいかぬか」

「その子を引き取れというのか」

菊之助は目を瞠《みは》った。

「いや、そういうわけじゃない。いつまでも番屋に置いておくわけにもいかねえし、かといって死んだ親のいた長屋に戻すこともできないんだ。同じ長屋の連中は同情はしてくれるが、自分の家では預かれないという者ばかりなのだ。それで困ってな……」

秀蔵はめずらしく弱り切った顔を見せた。

「しかし、おいそれと……」

「菊之助、このとおりだ。お志津さんに相談しなければならないのはわかっている。だが、その前におまえに相談するのが筋だと思って来たのだ。何もずっと預かってくれというのではない。そのうち、引き取ってくれる親戚の者が現れるはずだ。それまで何とか頼めないか……」

「そんな事情《わけ》があるのだったら……だが、まずはお志津に話してみなければな」

「おれもいっしょに話をする」

「いや、それには及ばぬ。それで、その子の名は何という？」

「お滝《たき》だ。それは可愛らしい顔をしている子でな……ほんとに不憫《ふびん》なことになってしまった」

「とにかくお志津に話してくる。ここで待っててくれるか」

前掛けを外す菊之助に、秀蔵はいつになく殊勝《しゅしょう》な顔で、すまぬといった。

仕事場に秀蔵を待たせたまま、菊之助は家に向かった。秀蔵の来訪は、次郎から聞いた件の助っ人依頼だと思ったが、そうではなかった。予想に反することであったが、相談事も思いもよらぬ話だった。窮《きゅう》している秀蔵の顔を見るだけで、何か役に立ちたいと思う菊之助だけに、二親を亡くした子供の話は放ってはおけない。無論、菊之助は相談に乗るつもりである。またお志津が拒まないこともわかってはいるが、何も話をせずに勝手に子供を預かることはできない。たとえ夫婦といえど、守らなければならない決まりがあるし、それが礼儀だろう。

お志津は小唄の手習い中であったが、のっぴきならない大事な話があるというと、弟子を待たせて表に出てきた。菊之助が秀蔵から聞いたことをそのままそっくり話すと、

「そういうことでしたら快く引き受けましょうよ」

と、お志津は菊之助が思ったとおりの返事をくれた。

「一月《ひとつき》になるか三月《みつき》になるかわからぬが、ことがことだ」

「よくわかっております。何も遠慮することはないと、秀蔵さんにそうお伝えください」

「うむ。それじゃ、今日明日にでもお滝を預かりに行くことにしよう」

「わたしもごいっしょしましょうか」

日の光を受けるお志津がきらきらした瞳を向けてきた。菊之助はしばし考えて、

「そうだな。男がひとりで行くより、お志津がいっしょにいればお滝も安心するだろう。とにかくその旨《むね》を秀蔵に話すことにしよう」

菊之助は仕事場に戻って、お志津の返答を秀蔵に伝えた。

「これで一安心だ。やはり、持つべきものは何とやらだな」

ほっと安堵《あんど》の吐息をついた秀蔵は、さらに言葉を足した。

「お滝を預けている番屋にはすぐにでも話をしておくので、都合のつくときに引き取りにいってくれるか。お滝を預けてあるのは、三原《みはら》橋に近い木挽町の番屋だ」

「うむ、今日のうちにもそうしよう」

七

朝のうちはよく晴れていたが、いまは光を失った空が広がっていた。さらに西のほうから沸《わ》き立つような黒雲が広がりつつある。

雨が降るのは間違いないだろう……。

親父《おやじ》橋を渡ったところで空をあおいだ平吉は、そのまま高砂町に足を進めた。

昨日南品川に帰ったが、どうしても心にわだかまりが残っていた。

こんなことなら、あの長屋に行くんじゃなかったと思いもしたが、やはり自分自身が許せなかった。このまま死ぬまで過去を引きずって生きることに後ろめたさがあった。ようやく一人前の大工になり、これから所帯を持てるようになったのだ。

やはり、けじめだけはつけておくべきだと、あらためて思い直した平吉は、親方に許しを得て休みをもらい、再び源助店に向かっているのだった。

しかし、昨日あの長屋を見たかぎり、当時の人間は住んでいなかった。もっとも、すべての家を調べたわけではないので、今日はそのことをたしかめようと思っていた。もし、誰も知っている者がいなければ、源助という家主に会えばいい。

そうしようと、平吉は何度も胸の内でつぶやいて、自分にいい聞かせていた。

源助店に近づいたとき、いよいよ雲行きがあやしくなった。こんなことなら照降《てりふり》町《ちょう》で傘を買えばよかったと思ったが、あとの祭りだった。もっとも傘なら、その辺の店にも売っているはずだ。

源助店に入ると、路地をゆっくり歩いた。研ぎ師の家の前で一度立ち止まり、近所の家を眺めた。居職《いじょく》の職人の家が数軒あったが、知っている者はひとりもいなかった。井戸や厠《かわや》に行くおかみ連中にも知り合いはいなかったし、路地ですれ違う住人らしい者も新しい顔だった。

研ぎ師は出かけているらしく、戸は閉まっていた。その隣も同じだ。平吉はゆっくり歩を進めていった。右に折れて、南側筋の家をそれとなくのぞいてゆく。留守中の家はともかく、ほとんどの家は戸を開け放していた。

小さい子供が留守番をしている家、明かりも点けず針仕事をしているおかみの家、赤ん坊をあやしている女房の家もあった。昨日たしかめた家は素通りして、また北側筋に戻った。今度は厠と井戸のある奥の路地に歩いていった。

と、一軒の家の前を通り過ぎて立ち止まった。煙管《キセル》を吹かしている年寄りがぼんやりした顔で、上がり框《かまち》に腰掛けていた。

あれは……。

平吉は必死で記憶の糸をたぐり寄せた。そうだ、亀蔵《かめぞう》さんだと気づいた。すっかり老けた顔をしていたが、間違いない。いたのだ、当時の住人が。

平吉はさっと背後を振り返り、開いている戸に目を注いだ。訪ねるべきかどうか躊躇《ためら》った。もし、自分の顔を覚えていれば、どうなるだろうかという恐怖心が鎌首《かまくび》をもたげた。

大事な自分の人生を台無しにしたくはない。かといって、ここで勇気を振り絞らなければ、自分はいつまでも心にしこりを残したまま生きることになる。

訪ねていくべきだと思う心と、やめておいたほうがいいという思いがせめぎ合った。唇を噛んで頬をさすった。しかし、平吉は踏ん切りをつけることができなかった。首を振ってそのまま長屋を出てしまった。そんな自分を情けなく思ったが、用心をするに越したことはないと思い直した。

やはり、先に源助という家主を訪ねよう。最初からそうすべきだったのだと、忸怩《じくじ》たる思いを払いのけた。

空はすっかり黒灰色の雲に覆われていたが、雨はすぐに降りそうになかった。平吉は住吉町に足を急がせた、手近なところにある長屋の木戸番を訪ね、源助店の家主の家はどこにあるかと訊ねた。

「あの家主さんなら、この三つ先の路地を入ったすぐ右にあるよ」

木戸番の年寄りはあっさり教えてくれた。

言葉にしたがっていくと、源助の家はすぐにわかった。開け放してある腰高《こしだか》障子《しょうじ》の敷居をまたぐ恰好《かっこう》で、恐る恐る声をかけた。すると、居間のほうから年取った男が「よっこらしょ」といって、梅干しのようなしわ深い顔をのぞかせた。

「あっしは品川で大工をしております平吉と申しますが、高砂町の源助店の家主さんのお宅はこちらでしょうか？」

「ああそうだが」

源助はそばまで来て、上がり框《かまち》のそばに腰をおろした。

「ちょいと、つかぬことをお訊ねしたいのですが……」

「何でしょう。ま、遠慮しなくていいからお入りなさい」

平吉は三和土に入った。

「あの長屋は以前は、新兵衛店《しんべえだな》といったのではありませんか？」

「そうだよ。新兵衛さんのあとをあたしが引き継いでいるんだがね。空き家だったらいくつかあるけど、借りたいのかね」

源助は大きな鼻の脇を指先でかきながら、平吉を品定めするように見た。

「いえ、そういうことではありません。いま、研ぎ師のいる家のことです」

「菊さんの家かい」

「菊さん……？」

「ああ、あの研ぎ師は菊之助というんだよ。郷士《ごうし》の出でね、荒金という姓もお持ちだ。人のいい男だよ。それがどうかしたのかね」

「あ、はい。そのあの家には以前、畳職人の定次郎という人が住んでいたはずなんですが、その人がいまどこに住んでいるかわかりませんでしょうか？」

「定次郎……そうだったかな……」

源助は大きな目を右に左に動かして考えてから、平吉に視線を戻した。

「そんなことを聞いてどうなさるんだね」

源助は少し警戒する目つきをした。

「昔、世話になった人なので何としても会いたいと思いまして、捜しているところなんです。ご存じないでしょうか」

平吉はすがるような目を源助に向けた。

「ふむ、すると新兵衛さんが大家のときに住んでいた人ってことだね。まああんたは悪い人じゃなさそうだから、ちょいと調べてみよう」

源助はちょっと待っていなさいといって、奥の間に引っ込んですぐに戻ってきた。手に数冊の帳簿を持っており、元のところに腰を据えると、指につばをつけてめくりはじめた。それは「出人別帳《でにんべつちょう》」だった。町内に住む人間がいつ町を出て行ったか、どんな人間が住んでいたかが記載されている帳簿である。年齢、性別、職業はもちろん、親類縁者までわかるように記録されている。

また「入人別帳《いりにんべつちょう》」というものもあり、こちらは居住者のことが事細かに書かれていた。これらは四月より翌年三月までの分が半紙竪帳《はんしたてちょう》に記入され、一枚ごとに名主の捺印《なついん》があった。通常は自身番で保管されているので、源助が持ってきたのは予備の写しと思われた。もっとも町内全体のではなく、源助店のものだけだ。

「何年前のことだね」

帳簿を繰っていた源助は途中で顔をあげて聞いた。

「十年前には住んでいたはずです」

「すると、こっちだな」

源助は別の帳簿を手にして繰りはじめた。自分が新兵衛の跡を継いだのは八年ほど前だから、その前の住人のことはよくわからないという。

「ありませんか……」

「ちょっと待っておくれな。……お、これだな」

源助は手を止めて、うめくような声を漏らした。それから顔を遠ざけ、目を細めた。

「畳職人の定次郎だな」

「そうです」

平吉は身を乗り出した。

「女房がお正で、子が二人あったが……」

「どうされました？」

源助はぱたんと帳簿を閉じて、

「行き先はわからないね」

と、さりげなくいって言葉を足した。

「女房のお正が死んで間もなく、夜逃げをしているようだ。家賃を溜め込んででもいたんだろう」

「夜逃げ……」

平吉は顔色をなくしたように、まばたきもせず、宙の一点を見据えた。

「夜逃げしてるんじゃ捜しようがないのではないかね。しかし、定次郎が働いていた畳屋はわかっているから、そっちを訪ねてみたらどうだね」

平吉は源助の声で、ゆっくり視線を戻した。

「……あの、子供のことはわかりませんか？　生きているのか、死んでいるのか？」

「そんなことは書いてないね。大方親と一緒に逃げたのではないかね」

「……そうですか」

平吉は力ない声でいってうなだれた。

「田所町《たどころちょう》の〈備後屋《びんご》〉という店が定次郎が働いていた店だ。そっちに行ってみたらどうだい。それから、十年以上前から住んでいる亀蔵さんという店子《たなこ》もいるから、その人にも聞いてみるといいんじゃないか」

「……はい、お手間を取らせて申しわけありません」

平吉はしょんぼり頭を下げるしかなかった。

表に出ると、頬にぽつんと雨粒があたってきた。いよいよ空が泣きだしたようだ。

平吉は熱に浮かされたような足取りで、降りはじめた雨のなかを歩いた。その雨は次第に強くなり、地面で飛沫《しぶき》をあげ、庇《ひさし》から落ちる雨がぼとぼとと音を立てはじめた。

夜逃げをしたとは思いもしなかった。そこまで窮《きゅう》していたのか……。しかし、わかっているのは定次郎が夜逃げをしたということだけで、倅《せがれ》のことは何も書かれていない。

どうやったら会えるのだ……。

平吉は雨中のなかで立ち止まり、遠くに目をやった。いつしか浜町堀沿いの通りに出ていた。激しい雨のために周囲の景色が烟《けぶ》っていた。川沿いの柳が雨に打たれて大きく枝垂《しだ》れていた。

定次郎の勤めていた備後屋を訪ねてみようか、それとも源助店の亀蔵に会おうかと心を悩ませた。

備後屋の主・喜兵衛はおそらく自分のことを覚えているだろう。顔を見せればすぐに思い出すはずだ。しかし、それはまずい。できれば、自分を知らないものから定次郎の行方を知りたい。そうすると、亀蔵さんに会うべきか……。

いや、他に捜す手立てはないだろうか……。

平吉は思案をめぐらしてみたが、いい智恵は浮かばなかった。ゆっくり顔を動かして、源助店の木戸口に目を注いだ。そのときある考えが浮かんだ。亀蔵がもしも、自分のことを覚えているようなら、そのまま立ち去ればよいのだ。

よし、そうしようと心に決めた平吉は、まっすぐ源助店の路地に入った。激しい雨のせいで長屋はどの家も戸を閉めていた。平吉はもう濡れ鼠のようになっていた。これが冬だったら凍え死ぬほど寒いだろうが、さいわいいまは夏なので雨に濡れてもどうということはなかった。

路地をゆっくり進んでは立ち止まり、また進んで立ち止まった。亀蔵の家はもう目と鼻の先だった。

「おい、あんた何をしているんだ？」

不意の声に、平吉はびくりと肩を動かして振り返った。

第二章　お仙

一

菊之助が声をかけると、平吉は驚いて振り返った。

「びしょ濡れじゃないか」

「……あ、はい」

平吉はぼんやりした顔で、自分の濡れた着物をさわった。

「何をしているのか知らないが、ちょっと入りなさい」

菊之助は傘を閉じて、仕事部屋の戸を開けてなかに入った。平吉は戸惑っていたが、菊之助が再度催促すると、素直に三和土に入ってきた。

「傘も差さずにどうしたというんだ。風邪を引いてしまうぞ。とにかく着物を脱ぐんだ」

「いえ、おかまいなく」

「そうはいかぬ。さあ、早くしろ」

見ておれなくなったので、菊之助は強引だった。家のなかは蒸《む》していたが、戸を開けたので、雨で冷やされた風が吹き込んできて、幾分《いくぶん》涼しくなった。それでも平吉の着物を乾かすために、手焙《てあぶ》りの火を熾《おこ》してやった。

「汚いところだが、適当に座るといい」

「それじゃ、お言葉に甘えて……」

遠慮がちに上がり框に腰掛けた平吉を、菊之助はじっと見た。何だか思い詰めた暗い顔をしている。三度もこの長屋を訪ねてくるには何かわけがあるはずだ。しかも、今日はずぶ濡れになってである。

「とにかく着物を脱げ。夏だからといって甘く見ていると、ほんとうに風邪を引いてしまう。さあ、早く」

平吉は躊躇《ためら》ったが、菊之助が黙って見ていると、ようやく帯をほどき、着物を脱いで下帯一枚になった。よく日に焼けたいい体をしていた。股引《ももひき》に腹掛け一枚のなりで大工仕事をしているのがよくわかった。その証拠に胸と腹のあたりだけが白いのだ。

平吉が濡れた着物を絞《しぼ》ると、

「寄こしなさい」

菊之助は受け取って、手焙りの上に渡した紐《ひも》に干した。平吉は恐縮ですといって肩をすぼめて座った。菊之助が乾いた手拭いを渡すと、それで体を拭《ふ》いた。

「誰かに用があるのか？」

「……」

平吉は膝頭に手をついて、何度か唇を噛んだ。

「話したくなければ無理に話さなくてもいいが、仕事はどうしたのだ？　まさかやめたのではないだろうな……」

「いえ、そんなことはありません。休みをもらっているだけです」

「休みをもらってまで、何かをしなければならない用事があるということか。ま、人にはそれぞれあるからな。それで家主には会ったのかね……」

「へえ、ここに来る前に会ってきました。あの、あなたは荒金菊之助さんとおっしゃるんですよね。家主さんがそう教えてくれましたので……」

「そうだ」

「元は郷士だったと……。それで、どうして研ぎ師に？」

平吉は顔をあげて菊之助を見た。どっしりした鼻に分厚い唇をしているので、強情そうに見えるが、その目には悩みの色が窺《うかが》えた。

「おまえさんに話すようなことでもない」

「……人はそれぞれですからね」

沸いた湯に目をやった菊之助は、平吉を見た。だが、何もいわずに二人分の茶を淹《い》れて、ひとつを平吉に出した。

「申しわけありません。見ず知らずの人にこんなご親切を……」

「茶の一杯ぐらいどうってことない」

「着物も乾かしてもらっています」

平吉は干した着物を見て、茶に口をつけた。

「家主に会ってきたといったが、何か聞けたか？」

「いえ、何もわかりませんで……」

「何もわからない？　それじゃ、何か調べているのだな」

「ま、そうですけど……」

平吉は視線を外して答えた。菊之助はその横顔を見て、どうも煮え切らない男だと思った。何気なく表の雨を見て言葉を継いだ。

「今日は恵みの雨だ。何しろ日照りつづきだったからな。これで少しは暑さもやわらぐだろう」

「……………」

「南品川に住んでいるようなことをいったが、女房子供はいるのか？」

「いまはひとりですが、近いうちに所帯を持つことになっています」

「ほう、それは目出度《めでた》い。それじゃ親御さんも楽しみにしているだろう」

「……………」

平吉はうつむいた。

「年はいくつだ？」

「二十六です」

「これからが働き盛りだな。汗水流して働くということはいいことだ。おれはこんな暮らしをしているが、おまえのような若いときには、まだ地に足がついていなかった。しかし、思いもよらず研ぎ仕事をするようになったが、それはそれで楽しいものだ」

「どうして職人に？」

「うむ……」

菊之助はしばし考えてから、話してやることにした。そうすれば平吉の心をほぐすことができるかもしれない。

そう思った菊之助は八王子千人同心《はちおうじせんにんどうしん》だった父親のことから、自分に仕官《しかん》の口がなく、なりゆきで浪人になり、剣術で身を立てようとしたがうまくいかなかったことを話した。普段話すことはないが、一度娶《めと》った妻が病に倒れあっけなく他界したことも話した。

「まあ、生きていればいろいろあるものだ。そうはいっても、まだ先はある。五十、六十の年輩の人たちから見れば、おれもまだ青臭いのだろうな……。もう一杯茶をやろう」

素直に差し出す平吉の湯呑みに、菊之助はあらたな茶を淹れてやった。激しく降っていた雨は、いつの間にか弱くなっていた。

それまで黙って菊之助の話に耳を傾けていた平吉は、新しい茶に口をつけると、一膝身を乗り出して顔をあげた。

「あの、こんなことを申すのは不躾《ぶしつけ》だと思いますが、ひとつ頼みを聞いていただけませんか……」

「この長屋に亀蔵さんという人が住んでいます。その人に、定次郎という畳職人がどこに行ったか知らないかと聞いてもらえませんか？」

「何だね？」

「畳職人の定次郎……なぜ、自分で聞かない？」

「聞いてもらうだけで結構ですから、お願いできませんか。頼みます」

平吉は両手を突いて頭を下げた。

「……いいだろう。まさか下帯一枚では会いにくいだろうからな。ただし、話は聞いてきてやるが、帰ってきたらおまえさんの抱えている事情《わけ》を聞かせてくれないか。どうにも気になってな。……無理にとはいわぬが……」

平吉はしばし視線を泳がせ、気持ちを固めたような目で菊之助を見た。

「わかりました」

二

菊之助が仕事場を出てゆくと、平吉は家のなかをあらためて眺めた。布団も箪笥《たん》も、着物をしまう行李《こうり》もない。代わりに包丁に幾種類もの砥石、半挿や水盥、きれいに畳まれた晒や雑巾《ぞうきん》があった。使いこまれた蒲の敷物は擦《す》り切れかかっていた。

平吉は菊之助の話を聞いているうちに、この人だったら話を聞いてくれるのではないか、自分に理解を示してくれるのではないかと思った。

家主の源助も、菊之助はいい男だといっていたし、実際顔をつき合わせてみると、その人柄のよさを窺《うかが》い知ることができた。

ずぶ濡れになった自分を呼び止め、着物を乾かしてくれてもいる。悪い人ではないと思う。それに菊之助には武士の血が流れている。男同士の約束は守ってくれるはずだ。

平吉は開け放された戸の表を眺めた。雨がしとしと降りつづいている。長屋のおかみが何度か通り過ぎていった。そのなかのひとりが平吉を見て、怪訝そうな顔をしたが、下帯一枚だと気づいてすぐに目をそらした。

平吉は立ちあがって、干してある着物の乾き具合をたしかめた。半乾きだったが、そのまま羽織って、帯を締めた。

腰をおろして、もう一度考えた。本当に打ち明けていいだろうか……。菊之助は胸にしまっておいてくれるだろうか。甘いかもしれない。ちょっとばかり親切にしてくれた人間だからといって、信用したばかりに墓穴《ぼけつ》を掘ることになるかもしれない。

平吉は静かに降りつづく雨を眺めた。音もなく降る雨は、暗い長屋の路地を濡らしつづけている。ぱちっと、手焙りの炭が爆《は》ぜた。

意を決して打ち明けるか……。

それには相当の勇気と覚悟がいる。だが、平吉は永年溜め込んできた苦悩を誰かに打ち明けたいと思っていた。そうすれば少しは心が軽くなるような気がするのだ。

間もなくして菊之助が戸口に現れた。敷居をまたいで三和土に立つと、出ていったときとは違った目つきをしていた。平吉はにわかに顔をこわばらせた。

「……わかりましたか?」

菊之助が蒲の敷物に落ち着くと、平吉がおどおどした目で聞いてきた。

「定次郎という男は夜逃げしたそうだ」

「……どこへ行ったか、亀蔵さんは知らないのでしょうか?」

そう聞く平吉を菊之助は黙って眺めた。

「定次郎という畳職人と、おまえさんはどういう間柄なのだ？」

「それは……」

「人に頼み事をしているのだ。それぐらい教えてもよいだろう。……それとも何か不都合でもあるのか？」

平吉は膝許に視線を落として黙り込んだ。菊之助は黙ってその姿を見つめた。いつの間にか着物を着ていることに気づいた。

「どうなのだ？　ひょっとすると、おまえは定次郎の倅ではないのか？」

うつむいていた平吉の顔がゆっくりあがった。菊之助はつづけた。

「亀蔵爺さんは定次郎のことをよく覚えていた。甲斐性のない職人だったらしいが、女房はよくできた女だったといっていた。夫婦には二人の倅がいたそうだ。ひとりは定吉といい、ひとりは正吉といったそうだ」

「……」

「女房は病に倒れ、若くして亡くなったそうだが、亭主の定次郎とその二人の倅がいなくなったのは、その女房の葬式が終わった明くる日だったらしい」

「……」

「何のために定次郎を捜しているのだ。まさか、何か恨みでも持っているというのではないだろうな」

「いえ、そんなことは……」

平吉は言葉を切って唇を嚙み、一点を見つめた。それから、小さな吐息をついて顔をあげ、まっすぐな目を菊之助に向けた。

「正直に話しますが、ここだけの話にしてもらえませんか。いろいろ悩んだ末のことなのです」

「他人に漏らせば具合が悪い話なのだな」

「あっしの胸のなかにしまいつづけていたことですから……。ご親切な荒金さんを信用していいます。おっしゃったとおり、定次郎というのはあっしの親父でございます。そしてあっしは、平吉と名乗っておりますが、定吉というのが本当の名です」

菊之助は片眉を動かして、平吉と名乗った定吉を見つめた。

「親父を捜しているのは、親不孝な自分のことを謝りたいからです。あっしはひどいことをしました。おふくろが墓に埋められたその晩に、どうしようもない親父を見て腹が立ち、近くにあった鑿《のみ》で、親父の右腕を切りつけたんです。酒飲みで怠け者で、どうしようもない親父でしたが、畳職人としての腕はいいと、親父を雇っていた親方も、また他の職人もそれだけは認めていましたから、あっしもそうなのだと思っておりました。それなのに、職人として大事な右腕を鑿で……」

定吉は当時のことを思い出したのか涙ぐんだ。菊之助は黙ってつぎの言葉を待った。

「……あっしはそのまま家を飛び出して、二度と親父には会うまいと思っておりましたが、やはり血のつながった親子です。月日が経つうちに、親父がどんなに落ちぶれていようがいまいが、あっしはあのときのことを謝り、一人前の大工になった自分のことを一言親父に告げたい、できれば心ばかりの親孝行もしたいと、そんな思いで……」

「なるほど……」

「ですが、あのときのことを知っている人には滅多《めった》なことでは会えません」

「なぜだ……？」

定吉は目の縁に潤んでいる涙を腕でこすった。

「あっしは、あっしは……弟を殺したかもしれないんです」

「なんと……」

菊之助は驚きに目を瞠った。

「鑿を持って親父に切りかかる前のことでした」

定吉はそのときのことをつまびらかに話した。

菊之助は息を呑んだような顔で話を聞いていたが、途中で定吉から視線を外して表に目を向けた。いつしか雨がやんでいた。かしましいおかみ連中の話し声も聞こえていた。

「……なぜ、あのとき正吉を見捨てるように、川岸を離れたのだ、人を呼んで助けを求めることもできたはずだと、あとになって何度も思いました。胸が苦しくて、自分を恨んでいる正吉が夢に出てくることは幾度もあります。後悔してもしきれませんが、あっしはじつの弟を……」

くくっと苦しそうなうめきを漏らして、定吉は肩を震わせた。ぽたぽたと、膝に置いた両手に大粒の涙が落ちた。

「なぜ、弟を見捨てた？」

菊之助は険《けわ》しい表情で咎《とが》めるようにいった。

「怖かったんです。溺れ死んでしまったと思いました。それに誰も見ていなかったので、黙っていればわからないと思ったんです。死体を見るのも怖かったし、人殺しの罪人になるのも怖くてしようがなかったんです。あとで、そうするんじゃなかった、もっと捜すべきだった、人を呼ぶべきだったと、何度そう思ったことか……。しかし、もう遅すぎます。……生きていてくれたらいいと、甘い考えで思いもしますが……」

菊之助は話し終えた定吉を見つめつづけた。定吉の胸の内の苦しみはわかるが、いくら若かったとはいえ、許し難いことである。だからといって安易に責めることはできない。それに、全面的にいま聞いた話を真正直に受け取っていいものかどうかもわからない。いい逃れるために嘘をついているかもしれないとも思った。実際、定吉がどういう人間なのかよく知らないのだ。

「おまえたち家族はこの家に住んでいたのだな」

考えた末、口にしたのはそんなことだった。

「そうです。生まれたのは深川《ふかがわ》でしたが、この長屋に越してきたのはあっしが十三の頃ですから、住んでいたのは三年ぐらいでしたが……」

「そうか。……とにかくおまえが父親を捜していることはわかった」

「あの、このことはどうか……」

「ひとまず聞かなかったことにしておく。ただし、父親を捜しあてたら、その旨を知らせてくれないか。聞いた手前、気になるからな」

「はい……それは、もう」

「だが、どうやって捜すつもりだ。何かいい考えでもあるのか？」

「亀蔵さんが知らなければ、親父を使ってくれていた畳屋に行ってみようと思います」

「その畳屋は……」

「田所町にある備後屋です。喜兵衛さんという人が親方のはずですが、もう十年も経っておりますから、代わっているかもしれませんが……」

「そうか……」

「いろいろお気遣いいただき、ありがとうございます」

「気にすることはない」

定吉は深々と頭を下げて三和土に下りた。それからもう一度礼をいって言葉を足した。

「親に会うことができたら、約束どおりそのことをお伝えすることにします」

「うむ」

そのまま定吉は行こうとしたが、ふと立ち止まって振り返った。

「荒金さんは、ここに寝泊まりしていないのですね。お住まいは?」

「南側筋にある」

三

「兄貴、雨があがったと思ったら、日が出てきやしたぜ」

暖簾《のれん》をめくって外を見ていた小平次《こへいじ》が、振り返っていった。

入れ込みにどっかりあぐらをかいて酒を飲んでいた谷松《たにまつ》は、ぐい呑みを置いて格子窓から表の空を見た。なるほど雲の割れ目から何本もの光の筋が延びていた。

「そろそろ行きますか」

小平次がそばにやってきてそういった。

「慌《あわ》てるんじゃねえよ。まだ日が暮れるまでには早いじゃねえか」

そういうのは下駄を踏んづけたような顔をしている弥助《やすけ》だった。背中を板壁に預け、さっきからうるさく飛びまわる蠅を扇子でたたき落とそうとしていた。

三人がいるのは深川六間堀町《ろっけんぼりちょう》にある飯屋だった。飯屋ではあるが、朝から安酒を飲める店だった。この三人は深川六間堀町に一家を構える友蔵《ともぞう》という博徒《ばくと》の子分だった。ようするにやくざ者であるが、友蔵一家は小さく、子分の数もようやく十人といったところだった。深川や本所にはもっと大きな博徒一家があり、いつつぶされるかわからないので、友蔵は神経をぴりぴりさせながら、大きな一家にはなるべく盾突かず、つかず離れずの距離を保っていた。

「雨もあがったんです。兄貴、今日のうちにケリをつけましょうよ」

急《せ》かすのはやはり小平次である。鳶人足の浜吉に殴り倒されことを癪《しやく》に思っているのはわかるが、谷松は浜吉のような雑魚《ざこ》より、途中で喧嘩の邪魔に入った男のことが気に入らなかった。もっとも浜吉も、このまま放っておくつもりはないのではあるが。

それに、あの二人は知り合いのような気がする。途中で邪魔をしにきた男と浜吉が声を掛け合ったような気がするのだ。しかし、谷松は頭に血を上らせていたので、その辺のことをよく覚えていない。弥助と小平次に聞いても、やはり首をかしげただけだった。

「話はちゃんとつける。急かすんじゃねえよ。まだ、浜吉の野郎が家に帰る時分じゃねえだろう」

谷松は煙管をくわえて火をつけた。

「野郎の家はわかっているんです。先に行って帰りを待ってもいいんですぜ」

「うるせえ！　まだ早いといってるだろうが。何遍いやあわかるんだ」

谷松は小平次の頭を引っぱたいて黙らせた。弥助が牛のような体を揺すって、ひひひっと笑っている。

「ただやり返すんじゃ面白味がねえ。半殺しにしたところで、気が晴れるだけだ。どうせやるならもっと得するようなことはねえかと考えてんだ。ガキみてえなこといってるんじゃねえよ」

谷松は勢いよく紫煙を吐いた。店には行商人らしいもう一組の客がいたが、谷松らに関わりたくないといった体《てい》で、さっきからおとなしく飯を食って茶をすすっていた。

「得することってなんです？」

弥助が身を乗り出して聞いてきた。谷松は自慢の頰髯をいじりながら、煙管を灰吹きにコンと打ちつけた。

「金になることに決まってるじゃねえか」

と、低声《こごえ》で二人の仲間にいった。

「強請《ゆす》るってことですか？　ですが、あの野郎はちんけな鳶人足なんですぜ、金なんざ持っちゃいねえでしょう」

「まったくの文無《もん》しってわけじゃねえだろう。それに、金を借りさせるってやり方もある。おい、小平次」

「へい」

小平次がのっぺりした赤ら顔を近づけてきた。

「てめえは浜吉に殴られたよな」

「ま、油断してましたからね」

「そんなことはどうだっていいんだ。殴られたのは顎《あご》だったな。だったら二、三本歯が折れたことにすりゃあいい。ついでに顎に罅《ひび》でも入ったらしくて、うまく口が利けなくなったというんだ」

「すると見舞金《みまいがね》を……」

「そういうことだ」

「そりゃ、ちょうどいいや、おれの奥の歯は両方ともねえし、右のこのあたりも抜けたばかりです」

小平次は口を大きく開いて、指先でそのあたりを指し示した。

「それだけじゃねえ。弥助、おまえは喧嘩の邪魔をしにきた野郎に投げ飛ばされたんだったな」

「あれは……」

「あんとき、おまえは腰のあたりを強く打ちつけた。あれから腰が痛くて、歩くのもままならねえんじゃねえか」

谷松が遮っていうと、弥助はすぐに考えを察したらしく、

「おおそうだ。どうもこのあたりが痛くて、厠《かわや》にもうまく座れねえんです。あー痛たた。こりゃまいったな」

と、腰をさすって顔をしかめた。

「ここで下手な芝居なんかするんじゃねえ。それから、おれもあの野郎に怪我をさせられたってことにしようじゃねえか、このあたりをよ」

谷松は自分の右腕をぴしゃぴしゃたたいた。

「晒を巻いて、それらしく見せておくんだ」

「そりゃいい。やっぱ兄貴は考えることが違うな」

感心したのは小平次である。

「だけど、あの邪魔をした野郎をどうやって捜します？」

弥助が真顔になって聞く。

「そりゃ、あの浜吉って鳶人足に聞きゃあすむことだ」

雨雲は急速に流れ去ったらしく、西の空には夕焼け雲が浮かんでいた。

飯屋を出た三人は、途中で晒《さらし》を買い求めて新大橋を渡っていた。夕日に照り映える大川を荷舟がゆっくり下っていた。

「拳骨の一発も飛ばしてやらねえと気がすまねえな」

歩きながら弥助がいう。

「それは話をつけてからだ。下手《へた》に手を出しゃ取れるもんも取れなくなっちまう」

そう諭す谷松は、我ながらいい智恵が浮かんだと自分で自分に感心していた。どしゃ降りにたたられて、足止めを食ったことが逆によかったのだと思いもする。

浜町堀沿いに歩き、高砂橋の手前で源助店に入ると、そのまま肩で風を切って路地を進んだ。襟元を大きく広げ、目をぎらつかせて歩く三人を見た長屋の者は、道を譲るように家のなかに入り、そうでない者は壁に張りついた。

浜吉の家の前で立ち止まると、谷松は首をぐるっと回して、家のなかを見た。姉さん被りをした女が竈《かまど》の前で焚きつけの火を燃やしていた。その女が気配に気づいて、谷松たちに顔を向けた。居間で芋を頬張っていた少女も谷松らを見ていた。

「鳶人足の浜吉の家はここでいいんだな」

「そうですが……」

女は用心深い目を向けたまま、ゆっくり立ちあがった。

「ひょっとすると、あんたは浜吉の女房かい？」

「そうですけど」

答えた女は、居間にいる娘を見てから顔を戻した。

「何かご用でしょうか？」

谷松はすぐには答えなかった。女房子供がいるなら、もっと何か他のやり方もあるかもしれない。だが、すぐにはいい智恵は浮かばなかった。

「浜吉にちょいと話があるんだが、まだ帰ってねえようだから、出直すことにする」

「あの、どちらの何という方でしょう？」

谷松は行きかけたが、振り返って答えた。

「友蔵一家の谷松だ。覚えておくがいい」

谷松は弥助と小平次を顎でしゃくって、路地を引き返した。

「どうするんです？」

表の通りに出るなり聞いてくるのは小平次だ。

「浜吉に女房子供がいるとは知らなかった。こりゃ、もっと金になるかもしれねえぜ」

谷松が舌なめずりをしていうと、小平次は目をぱちくりさせて、どういうことですと聞く。

「女房を逆手《さかて》に取れるってことだ」

谷松がそういったとき、弥助が「兄貴」といって、袖を引いた。富沢町《とみざわちょう》のほうから歩いてくる浜吉の姿が見えたのだ。谷松は片頬に不遜《ふそん》な笑みを浮かべた。

「まあ、おれにまかせておけ。小平次、てめえの顎と歯のこと忘れるな」

四

谷松が道の真ん中に出ると、浜吉が途中で足を止めた。右の頬が翳《かげ》りゆく夕日を受けていた。一度立ち止まった浜吉は、表情を引き締めて谷松たちに近づいてきた。谷松は楽しそうな笑みを浮かべて声をかけた。

「浜吉、いま帰りか。ご苦労だな」

「こんなとこで何をしてる？」

「何をって、おまえを待っていたのよ。他でもない話があるんでな」

背の高い谷松は、浜吉を見下ろす恰好だ。家路についている者たちが、谷松たちを横目で見やり、逃げるように素通りしていった。

「話って何だ？」

「立ち話をするにしてもここじゃなんだ……」

谷松は頬髯を撫でてまわりを眺めた。こちらの通りは町人地なので人通りが多いが、高砂橋を渡れば、大名屋敷と旗本屋敷が並んでいるのでそうでもない。

「ちょいとついて来な」

谷松は顎をしゃくって高砂橋を渡った。途中で、小平次に大丈夫かと声をかける。

「へえ、大分《だいぶ》よくはなりましたが……」

と、小平次は顎のあたりさすって、痛みがあるような芝居をした。

橋を渡って右に折れた。青々と茂った大きな柳のそばだった。目の前は信濃《しなの》国小諸藩牧野遠江守《こもろまきのとおとうみのかみ》の屋敷である。表門はすでに閉じられており、勤番侍《きんばんざむらい》たちの出入りもない。

谷松は浜吉を振り返った。弥助がすかさず、浜吉の背後にまわった。それを見た浜吉が身構えた。

「まあ、そうビクつくことはねえ。相談しなきゃならねえことがあるだけだ」

「なんだ」

「こいつを見てくれ。おめえに殴られたばっかりに歯を折っちまってよ。顎の具合もよくねえらしいんだ。お陰でうまくしゃべることができなくなっちまった」

「まったくぅ、おめぇは……いてて、どうしてくれんだよぅ……」

小平次が顎を押さえ、痛そうに顔をしかめ、あやしい呂律《ろれつ》になっていった。浜吉は顔をこわばらせた。

「医者に行っても折れた歯はどうすることもできねえらしいんだ。顎には罅が入ってるってことだった。そりゃ喧嘩両成敗《りようせいばい》ってこともあるだろうが、相手に怪我をさせて黙っておくわけにゃいかねえだろう」

「何がいいたいんだ」

浜吉は強気なことをいう。谷松は眉間にしわを刻んだ。

「何がいいたいだと。おい、人に怪我をさせてそっぽを向いて知らんぷりを通すってんじゃねえだろうな。おう、それだったらそれでもいいぜ。こっちにも考えがある」

「……」

浜吉は挑むような目でにらんでくるが、目に弱気の色が浮かびはじめていた。

「おめえには可愛い女房がいる。小平次の医者代を稼ぐために、ちょいと働いてもらうことにする。うちの一家が仕切っている岡場所には、新しい女郎《じょろう》を捜している店がいろいろあるんだ」

「こいつの医者代がほしいというのか」

「あたりめえだ。怪我をさせたんだからな。歯をなくしてものを食うにも一苦労しなければならなくなった。こいつがおまえだったらどうするよ。たとえ喧嘩のうえだったとしても、黙っているかい？」

浜吉は悔しそうに唇を嚙み、足許に視線を落とした。それからゆっくり顔をあげて、

「いくらだ」

と、聞いた。

「医者への薬礼《やくれい》が二両、詫び金が八両。しめて十両だ。詫び金はすぐにってことにはいかねえだろうが、医者に払った薬礼は早速にもらわなきゃな」

「二両を……小平次といったな。おまえ、ほんとうに……」

浜吉は片手で顎を痛そうにさすっている小平次を見た。

「いまでもズキズキしてたまらねえんだ。昨夜は痛くて寝られなかったしよ」

浜吉は顔を曇らせた。それから懐に手を入れ、財布の紐をほどいた。谷松たちは互いの顔を見合わせて、にやついた。

「すまねえが、今日のところはこれで勘弁してくれねえか。あいにく持ち合わせがないんだ」

浜吉が出したのは二分《ぶ》と一朱《しゅ》だった。

「残りはどうする？　おめえの家に取りに行くか？」

谷松が金をつかんで聞いた。

「いや、それは待ってくれ。近い内に金は何とかする。だが、医者の薬礼はとにかく、詫び金の八両は……」

「おい、舐めンじゃねえぜ」

谷松は浜吉の襟をつかんで引き寄せ、にらみを利かせた。

「歯を折られ、ものも満足に嚙めなくなったんだ。顎だって元に戻るかどうかわからねえ。これから死ぬまで不自由しなきゃならねえんだ。そんな小平次のことを考えたら、八両なんて安いもんじゃねえか。それに小平次だって、女房子供のいるおまえのことを考えて、十両で手を打ってやるといってんだ」

「……わ、わかった。手を放してくれ」

谷松が手を放すと、浜吉は泣きそうな顔になって、言葉を継いだ。

「金は何とかしよう。だけど、今日明日ってわけにはいかない。二、三日待ってくれないか」

「小平次、こいつはこういってるがどうする？」

谷松に聞かれた小平次は、それでいいだろうと応じた。

「それじゃ、二日ばかりしたらおまえを訪ねることにする。忘れるんじゃねえぜ。もし、約束を破りやがったら、おめえの女房に稼いでもらわなきゃならねえ」

「……わかった」

浜吉は乱れた襟を直して、行こうとしたが、谷松はすぐに呼び止めた。

「喧嘩の仲裁に来たやつがいたな」

「……」

「やつはどこの何て野郎だ？」

浜吉は視線を彷徨《さまよ》わせてから答えた。

「あの人のことは……わからない。偶然そばにいた人だろう」

「知らねえのか？」

「ああ。見ず知らずの人だ」

谷松は疑わしそうに浜吉を眺めた。嘘かほんとうか見分けがつかなかった。だが、浜吉に教えられなくても、竈河岸の近くで聞いてまわればわかるだろうと思った。

「ならいい。さっきのこと、くれぐれも忘れるんじゃねえぜ」

浜吉は黙って背を向けると、そのまま高砂橋を渡っていった。すでに日は落ち、あたりには夕闇が立ち込めていた。

「兄貴、もうひとりのことはどうするんです？」

弥助が聞いてきた。

「おれたちで捜しゃいいだろう。まずは浜吉の野郎から十両ふんだくるのが先だ」

谷松は楽しそうな笑みを浮かべた。

五

その日は、秀蔵の訪問を受けてから慌ただしい一日となった。研いだ包丁を届けに行って帰ってくると、定吉の身の上話を聞くことになり、相談を受けてしまった。全面的に定吉の話を信用したわけではなかったが、菊之助は聞いてしまった手前じっとしていることができず、定吉の父・定次郎を雇っていたという畳屋を訪ねた。

頭に霜をおいた主の喜兵衛は、年は取っていたが、定次郎だけでなく彼の家族のことをよく覚えていた。

「定次郎は腕のいい職人だったんだが、酒癖が悪くて女房は泣かされどおしで気の毒なくらいだった。挙げ句、病に倒れてそのままぽっくりだ」

喜兵衛はため息をついて、吸っていた煙管の灰を落とした。

「それで、あんたはなぜそんなことを……」

喜兵衛は額に走る蚯蚓《みみず》のようなしわを深くして、菊之助を見た。

菊之助は定吉のことは伏せて、

「わたしの住んでいるいまの家にその定次郎という人が住んでいたと耳にしまして。同じ職人ですから、どんな人だったのだろうかと思ったまでのことです」

と、誤魔化した。

「あんた独りもんかい？」

「いえ、女房がおります」

「そうかい、苦労かけちゃならねえよ」

「はい、それはもう。それで、その定次郎さんの子供たちは、どうなったんです？」

「それがわからねえんだ。お正さん、……ああ定次郎の女房なんだがな、その女房の葬式が終わった明くる日に、神隠しにあったようにいなくなったんだよ。おれがそれを知ったのは二、三日あとだったが、三人揃ってぽっといなくなったと長屋の連中がいうんだ。店賃も溜め込んでいたので、それが苦しくなって逃げたという話だったが……そんなことなら一言おれに相談しにくりゃよかったんだ。まったく定次郎の野郎は……」

喜兵衛はやるせなさそうに首を振ってため息をついた。

「夜逃げしたとき、二人の倅は生きていたんでしょうか？」

正吉だけのことを聞くとおかしいと思われるので、菊之助はそういった。

「生きていた……？　妙なことを聞くね」

「いえ、一家心中なんてこともありますから……」

「そりゃねえだろう」

喜兵衛は目の前で手を振ってから、急に何かを思い出した顔になって、言葉を継いだ。

「そういや、定次郎がいなくなる前の晩だったらしいが、定吉と定次郎がひでえ親子喧嘩をやらかしたという話があった」

おそらく定吉が父の定次郎を鑿で傷つけたことだろう。

「それは母親の葬式の晩のことでしょうか……」

「おそらくそうだろう。もう昔のことだからよく覚えちゃいないが、隣に住んでいた者がそんなことをいっていたよ」

「そうですか。それじゃ、定次郎さんもその倅もどこにいるかわからないんですね」

「わからねえ。いったいどこへ行っちまったんだろうね」

喜兵衛は首筋をぬぐいながら、遠い目になって夕焼け雲を眺めた。

喜兵衛とそんなやり取りをした菊之助は、その足で家に帰り、お志津と連れだって木挽町に足を運んだ。お滝を預かっていた自身番は、木挽町四丁目にあり、菊之助が店番たちに秀蔵から相談を受けて来たことを告げると、これがお滝だといって紹介してくれた。

ふっくらした頰に、きらきらと澄んだ丸い目の可愛らしい子だった。

「この人たちがしばらく面倒を見てくださることになったから、よくいうことを聞くんだよ」

と、自身番詰めの家主がいったが、お滝は用心深そうな目で見てきた。しかし、お志津がやさしく話しかけると、お滝はおずおずと近づいてきて、ちょこんとお辞儀をした。

家主は引き取りに来てくれる親戚が現れたら、まっさきに知らせるといってお滝を菊之助とお志津に預けた。

すでに日が暮れかかった頃で、高砂町の自宅に着いたときには、明るい星たちが満天に広がっていた。

「お滝、何も遠慮することはないわよ。ここが自分の家だと思って、ゆっくりくつろぎなさい」

お滝を家に入れると、お志津が人の心をほぐすような笑みを浮かべていった。

居間にあがったお滝は、家のなかをめずらしそうに眺めていたが、

「あたしの家にはもう帰れないの？」

と、大きな目でまばたきをして菊之助とお志津を見た。

「家に帰っても誰もいないでしょ」

お志津が応じた。こういったことは、男より同じ女にまかせたほうがよさそうだ。菊之助は静かに見守っておくことにした。

「でも、おとうが……」

お志津は菊之助と一瞬目を見合わせてから、お滝の小さな手を包むように取った。

「お滝、番屋のおじさんたちから、おとうがどうなったか聞いているでしょ」

お滝はか弱くうなずいた。

「……もうあの家には誰もいないのよ。わかる？」

また、お滝はうなずいたが、今度は小さなつぶやきを漏らした。

「でも、おとうが帰ってくるかもしれない」

菊之助は目をそむけた。お滝の悲しそうな顔を見ると、胸が熱くなった。なん

だか目も潤《うる》みそうだった。こんなに幼くして、どうして二親をなくさなければならないのだ。

やっと物心がついた年頃に、たったひとりになるとは……神様もひどいことをなさる。せめて父親だけでも、残してくれてもよさそうなものなのに……。

お志津はお滝を宥《なだ》めるように、現実の厳しさを教えていた。

「つらいだろうけれど、辛抱するんだよ。お滝がよい子にしていれば、きっといいことがありますからね。しっかりするんですよ。わかる……」

「……うん」

お滝はけなげにうなずいた。

それから三人で遅い夕餉をとった。この家に来るまで、お滝は口数が少なかったが、お志津の応対がよいのか、少しずつ口が軽くなっていった。

また、夕餉のあとでお志津が、おはじきを教えると、お滝はその遊びを気に入ったらしく、しばらく夢中になった。

二人が遊んでいる間に、菊之助は三人の床を取り、蚊帳《かや》を吊った。

「お滝、明日はいっしょに湯屋に行きましょうか。おばさんがあんたの背中を流してあげるわ」

「うん、お風呂行きたい」

おはじきですっかり心を許したらしく、お滝は元気に答えた。そして、間もなくすると先に蚊帳のなかに入って、あっさり寝息を立てた。

「お志津がいて助かった。こんなに早く懐《なつ》かせるとは、さすがだ」

「そうではなく、お滝の性格がよいのでしょう。それにしても憎むべきは、お滝の父親を殺した外道《げどう》です」

菊之助は一瞬、「おやっ」と思った。お志津がこんなことをいうのはめずらしい。

「そうだな、こんな可愛い子を持つ父親を……」

菊之助は蚊帳のなかですやすやと寝息を立てるお滝を眺めた。それから顔を戻して、ぐい呑みの酒に口をつけて、

「話したいことがあるんだ」

といった。

「何でしょう?」

六

「ある男と、他言しないと約束したのだが、おまえだけには聞いてもらいたい」

「……ある男とは？」

お志津がまっすぐな視線を向けてきた。その顔は生来が色白なので、夏場でも日焼けをしていなかった。炎天下にいても赤くなるだけで、黒くならないのだ。長屋のおかみ連中のなかには、男顔負けに真っ黒に日焼けしている者がいるが、お志津の白い顔は、ほのかな行灯の明かりに染められているだけだった。

「わたしの仕事場に、昔住んでいたという男が訪ねてきてね。それも十年も前のことなのだが、どうにも解《げ》せないことがあるんだ」

「……」

ちりん、ちりんと、夜風が縁側の風鈴を鳴らした。

菊之助は定吉のことと、彼がその日打ち明けた一部始終を話して聞かせた。

「悪い男ではないと思うのだが、聞いた話をそのまま鵜《う》呑《の》みにもできない。かといって聞いた手前、どうすればよいかと思いあぐねているのだ」

「定吉さんは、父親に会って謝りたいといっているのですね」

「うむ、できれば親孝行もしてやりたいと……」

「そうですか」

お志津は闇に包まれている表に目を向けて、しばらく団扇をあおいだ。

「……定次郎という親を捜してやりたいとも思うのだが、やつは自分の弟を殺しているかもしれない」

菊之助のつぶやきにお志津が顔を戻した。

「その弟さんが死んだかどうか、たしかめられないのかしら。もし、溺れ死んだとすれば、屍骸《むくろ》が見つかっているのではありませんか」

「海に流されて見つからなかったということもある」

「そうかもしれませんけど、まずはその正吉という弟さんが死体で見つかったかどうか知りたくはありませんか」

お志津がまばたきもせず見てくる。

「それはそうだが、もう十年も前のことだ。わかるだろうか……」

「こんなときこそ、秀蔵さんを頼るべきではありませんか」

菊之助はそうだったと、お志津を見返した。

「そうだな。一度やつに相談してみよう」

「するべきですよ。もし、死体があがっていなかったら、正吉という弟さんは生きているかもしれないじゃありませんか」

「死体があがったことがわかれば、定吉は弟を殺した罪人ということになる」

「そうかもしれませんが……わたしは……」

「なんだね？」

お志津は目の前に飛んできた蚊を、両手でぴしゃりとたたきつぶしてから答えた。

「定吉さんがどんな人だか会ってみなければわかりませんが、菊さんの話を聞くかぎり悪い人じゃないと思うの。母親を亡くした悲しみと、不甲斐《ふがい》ない父親に対する憤りや、他人にはわからないいろんなことが、定吉さんの胸に渦を巻いていたと思うんです。弟さんが夢に出てくるというように、この十年間は後悔のしどおしで、苦しくてしかたがなかったのではないでしょうか。ずいぶん思い悩んできたと思うんです」

「それはそうだろう……」

応じる菊之助は、定吉の苦悩に満ちた顔を思い出した。

「でも、なぜそんなことをいまになって、定吉さんは……」

「あの男はもうすぐ所帯を持つといっていた。おそらくその前に、自分の心にわだかまっていたものを、はっきりさせたいのだろう」

「定吉さんは、また見えるかしら」

「さあ、どうだろう。親に会えたら知らせにくるといってはいたが……」

「仕事は大工だといいましたね。どこで働いているのかしら?」

「詳しいことは聞いていないが、南品川だといった」

お志津はひと膝進めて、

「菊さん、まずは正吉という弟さんが死んだかどうか調べてみるべきよ」

と、きらきらする目でいった。

七

お仙《せん》が家にやってきたのは、定吉が独り酒をちびりちびりやっていた宵《よい》五つ(午後八時)過ぎだった。

「遅くなってごめんなさい。酔った客がなかなか帰らなくて、仕事が片づかなかったのよ」

お仙はにこやかな顔で定吉の前に座った。東海道に面した料理屋〈駿河屋《するが》〉の娘で、明るくて屈託《くったく》のない女だった。今年十九になったばかりだ。

「それで話ってなに？」

「じつはな、おまえに話していないことがあるんだ。ほんとは黙っておこうと思ってたんだが、やはり、このことだけはちゃんとしておこうと……」

定吉は深刻な顔でお仙を見つめた。

「どんな話？」

「どこからしゃべっていいかわからないが、ひょっとするとおれは弟を殺しているかもしれない」

「えっ……どうして、でも、定吉さんは天涯《てんがい》孤独だったのじゃ……」

さすがにお仙は驚きを隠しきれない顔になった。

「もし、弟が死んでいれば、おれは人殺しだ」

「う、嘘でしょ。でも、なぜ、そんなことを……大変なことじゃない」

「騒がないでくれ」

定吉は開け放っている戸の向こうを見て、ちゃんと話すと言葉を足した。

「ずっと苦しかったんだ。おれはお仙ちゃんに、早くに親と死に別れたといったが、それは十六のときだった。たしかにおふくろはそのときに死んでしまったんだが、親父は生きているかもしれない。その親父にもおれはひどいことをしている。弟を川に蹴落としてもいる。……そのことが頭から離れずにずっと生きてきたんだ。あれは悪い夢だったのだと自分にいい聞かせ、何度も忘れようとしたが、とても忘れられるものじゃない。後悔先に立たずというが、まさに後悔のしどおしだった。……ひとりで、親父や弟に許してくれと泣いたこともある」

「ちょっと待って、どんなことがあったのかわかるように話してくれない」

「いま話す」

定吉はそういって、十年前のことをゆっくり話しはじめた。

途中で当時のことを思い出し、母や父のことを思い、涙ぐんだりもしたが、嘘偽りなく本当のことを何もかも包み隠さず話した。

その間、お仙は身じろぎもせずに聞いていた。

いがみ合う猫の鳴き声や、酔っぱらった長屋の住人の声が話の邪魔をしたが、二人は互いの目を見つめ合っていた。

「親父を鑿で切りつけたおれは、そのまま長屋を飛び出し、走りつづけた。一晩、愛宕権現で過ごして、そのまま江戸を去るつもりだったが、一文無しだし、どうして生きていけばいいかわからなかった。二、三日食うものも食えずに歩きまわり、飛び込んで行ったのがいまの親方がやっていた普請場《ふしんば》だった。以来、親方には世話になりっぱなしで、そしておれを一人前の大工にしてもくれた。そんな親方にも黙っていたことだ。こんな話はできることじゃない。だからといって、ずっとこのことをはっきりさせずに生きていていいんだろうかと思ったんだ。だから、昔住んでいた長屋を訪ねてみた」

「それで……」

「住んでいた長屋には他の人がいて、親父はいなかった」

「それじゃ、定吉さんのおとっつぁんは……？」

「どこにいるかわからない。夜逃げしたらしいんだ。ひょっとすると、もう死んでるかもしれない」

「そんなこと決めつけちゃだめよ」

定吉は大きなため息をついて、改めてお仙を見た。

「おれは罪人かもしれない。お仙、おれはそんな人間だ。おまえに見捨てられてもいい。いっしょになれないといわれてもかまわない。だが、親父に会えるまで、このこと黙っていてくれないか。……頼む」

定吉はがばりと頭を下げると、額を畳にこすりつけて頼んだ。

「いまの話は他の人にはしていないのね」

お仙の言葉で、定吉はゆっくり顔をあげた。

「わたししか知らないのね」

「いや、話した人がいる」

「誰?」

お仙は驚いた猫のように目を瞠った。

「おれが住んでいた長屋の家には荒金という研ぎ師がいた。親切な人で、なぜかその人に打ち明けてしまった」

「馬鹿ね、どうしてそんなことをしたの。それじゃ定吉さんが訴えられるかもしれないじゃない。わたしだけにしたのなら、わたしの胸にしまっておくだけでよかったのに……」

「おれだって、まさか昨日今日会ったような人に話してしまうとは思っていなかったさ。だけど、思わぬ親切を受けて、いろいろ話しているうちに、この人にならしゃべっちまっても大丈夫だろうと思ったんだ」

お仙は短いため息をついた。

「さっきおとっつぁんを捜すようなことといったけど、どうやって捜すの？　見つけられるあてが何かあるの？」

「いまのところはない。だけど、捜すしかない」

「もしよ、もしおとっつぁんが生きていたとしても、弟さんが死んでいることがわかったらどうするの？」

「そのときは、御番所《ごばんしょ》に行くしかない」

お仙は絶句した。

「それが弟に対する償いだ。きっとそうすべきじゃねえかと思うんだ。それでないと、弟も許してくれないだろうし、このまま生きていてもいいことはないはずだ。何より、おれの心が苦しすぎるんだ。お仙、すまない。おれのことを見捨ててもいいから、もうしばらくそっとしておいてくれないか。一生添い遂げようと思ったおまえだけには、隠し事はしたくなかった。だからこんな話をしたんだ。わかってくれるか……」

お仙は何もいわなかった。地蔵のように身動きもせず、じっと定吉を見つめつづけた。と、その目にふわっと涙が溢れ、頰をつたった。

定吉はあきらめた。お仙はこんな自分に落胆し、あきれ返り、そして悲しくなったのだ。人殺しかもしれない男を好きになったことを後悔したに違いない。

「すまない」

定吉は膝に置いた両拳を握りしめて頭を下げた。

「そんなことやめて」

お仙が声を震わせていった。

「わかったわ。わたし、定吉さんのこと信じる。いま聞いたことは誰にもいわないから、はっきりするまでわたしは待っている」

「お仙……」

「定吉さんがどんなことになろうと、わたしはずっと待っています。だって、だって定吉さんは決して悪い人じゃないんだもの」

お仙はそのまま定吉の胸に飛び込んできて、嗚咽《おえつ》を漏らした。定吉はお仙をしっかり受け止めると、強く抱きしめてやった。

「ありがとう、お仙。ありがとうよ。こんなおれのことを……」

定吉の両目からも涙が溢れた。

第三章　画策

一

新場橋《しんば》に近い本材木町《ほんざいもくちょう》三丁目にある〈翁庵《おきなあん》〉という蕎麦《そば》屋は、菊之助の好きな店のひとつだ。腰のある細い麺も気に入っているが、つゆも好みであった。たぐったそばをそのつゆに少しだけ浸して食べると、何ともいえない。そばの香りが口のなかで広がり、秘伝のつゆがその旨味をやたら醸《かも》しだすのだ。

しかし、まだ菊之助の前には茶しか置かれていなかった。待ち合わせている秀蔵が来てから注文する腹づもりだ。酒の一本もつけたいところだが、まだ日は高いし、いくら気の置けない従兄弟相手でも酒を飲んで大事な相談はできない。

開け放されている店の戸口から、風が吹き込んでいた。そよぐ暖簾の向こうを、

「ひゃっこい、ひゃっこい、汲みたて道明寺《どうみようじ》砂糖水……ひゃっこい、ひゃっこい」

という売り声をあげて通り過ぎる水売りの姿があった。

そのあとから、天秤棒に盥《たらい》を下げた男が過ぎていった。菅笠《すげがさ》を被り、股引に腹掛け、半纏《はんてん》、草鞋《わらじ》履きというなりだ。こっちの売り声は、

「めだかぁー、金魚ぅー」

その声には何とはなしに暑さを払いのける響きがあった。

それからしばらくして、さっと暖簾が撥《は》ねあげられ、秀蔵が颯爽《さつそう》と店に入ってきた。白地のサの字絣《がすり》に絽《ろ》の羽織という涼しげな恰好だ。大小を抜いて、菊之助の前に落ち着くと、

「相談というのはいったい何だ？」

と、先に口を開いた。

「昼飯は食ったか？」

「まだだ」

「それじゃ丁度いい。そばをたのもう」

菊之助は店の者にせいろを二枚注文した。秀蔵もこの店のそばを気に入ってい

るので、文句はいわない。

「船頭殺しの下手人のほうはどうなっている？」

「おれの面《つら》を見りゃわかるだろ」

どくだみでも飲んだような顔で、秀蔵は扇子を開いてあおいだ。

軒先の風鈴が、ちりりんと鳴った。

「手がかりもつかめていないのか？」

「そういうわけじゃねえが、これといった決め手がないんだ」

「すると、大方下手人に目星はついてるってことか……」

そういって、菊之助は茶に口をつけた。

「……なんだ、手を貸してくれるというのか」

秀蔵がすうっと涼しげな視線を送ってきた。菊之助はその視線を外して、

「ただ気になっているので聞いたまでだ」

と、さらりとかわした。

「……お滝を預かってもらったようだが、おとなしくしているか？」

「最初は人見知りしていたが、お志津は子供が懐《なつ》きやすいらしくて、おれも気が楽だ。今朝はおれにも馴れてきた」

「それを聞いて安心した。押しつけるつもりはないが、しばらく世話を頼む。それで、おまえの話を聞こう。あまり油を売っている暇はないんだ」

「そうだな。じつはおれの住んでいる家に、家といっても仕事場にしているほうだ。その家に十年ほど前、定次郎という畳職人が住んでいた。その定次郎の行方を捜しているのだが、おまえにひとつ調べてもらいたいことがある」

「ふむ……」

こういったとき、秀蔵は人の心を読むような鋭い目つきになる。八丁堀同心といっても、内役《うちやく》と呼ばれる事務方ではなく、町の治安を乱す者に目を光らせているやり手の臨時廻り同心である。滅多な嘘はつけない。

「定次郎には二人の倅があったが、正吉という子供が大川で溺れたという話がある。そんなことが本当にあったかどうか、それを知りたいのだ」

「なぜ、そんなことを……」

「いろいろ込み入ったことがあるんだ。いまは深いわけを話すことはできない」

「十年前のことなら片手間仕事ってわけにはいかねえぜ」

「おまえだったら何とか調べられるだろう」

秀蔵はしばらく思案顔になって、運ばれてきた茶に口をつけた。

「十年前のいつごろだ？」

「八月だと聞いている」

「……十年前の八月か……畳職人の定次郎の倅・正吉だな」

「溺れ死んだとすれば屍骸があがっているはずだ。それを知りたい」

「妙なことに首を突っ込んでるんじゃあるまいな」

「おれにかぎってそんなことがあるか」

菊之助が吐き捨てるようにいったとき、そばが運ばれてきた。

二人はそば猪口に葱《ねぎ》とわさびを入れてかき混ぜた。

「……屍骸があがったかどうかを調べるだけでいいのだな」

「頼む」

「相手がおまえじゃ断れねえ。ま、やってみよう」

二人はそばに取りかかった。

しばらく無言で箸を動かした。

ときおり風の吹き込む窓の外で、蟬の声がしている。

「名越《なごし》の祓《はら》いはもうすぐだってえのに、暑さは相変わらずだ」

秀蔵がいうのへ、菊之助はそうだなといってそばをすり込む。名越の祓いは、六月の晦日《みそか》に神社で行われる厄除《やくよ》け行事だった。この日、疫病を恐れる人々は、神社の前に置かれた茅《ち》の輪《わ》というものをくぐり抜けて、厄払いをする風習があった。

「仕事は忙しいのか？」

そばを食べ終え、口許を懐紙でぬぐいながら秀蔵が聞いた。

「急ぎ仕事は片づけたので、ぼちぼちだ。だが、注文が多くなってな……」

「商売繁盛はいいことだ。だが、少しは体が空くってことか……」

爪楊枝《つまようじ》をくわえてそっぽを向いた秀蔵に、菊之助は目を細めた。それからこういった。

「船頭殺しの件なら、請《う》け合ってもいい」

横を向いていた秀蔵が、さっと顔を振り向けてきた。

「おまえからいい出すとは、めずらしいじゃねえか」

「お志津も、お滝の父親殺しの下手人は許せないといっている。手がいるなら助《すけ》をしてもいい。ただし、その前にさっきの件を頼む」

「そういうことなら性根《しょうね》を入れて、おまえの頼みは聞く。それから、おれの手伝いだが、今日明日はいいだろう。頃合いを見て声をかける」

「わかった」

「おまえに会った甲斐があった」

秀蔵はにやっと口許に笑みを浮かべた。

二

秀蔵と別れて菊之助が家に戻ると、小さな客が来ていた。同じ長屋に住む、浜吉の娘・お夕である。

日除けの簾《すだれ》を垂らした縁側で、お滝と仲良くおはじきをして遊んでいた。

「わたしが教えたおはじきが面白いらしくて、お滝はもう夢中ですよ」

お志津は二人の可愛い子供を見て微笑む。

「同じ年頃の子がいて、お滝も気が紛れるのではないか」

菊之助も口許をゆるめて二人の少女を眺め、お志津に顔を戻した。

「例の畳職人の子供のことだが、秀蔵に頼んできた」

「秀蔵さんに……それで……」

「うむ、性根を入れて調べるといってくれた。御番所に口書《くちが》きの控えが残っていれば調べはすぐつくだろう」

「わかればいいですね。それで、船頭殺しのほうは……」

いつもと違って、お志津は事件のことを気にする。お滝の不遇を思うからこそ、そんなことを口にするのだろう。

「下手人捕縛まではいっていないが、何人かに目星はつけているようだ。誰がどうだとはいわなかったが、調べは進んでいるのだろう」

「早く捕まってほしいですわね」

「それは誰もが願っていることだ。さて、まだ日は高い、仕事を片づけにいこう」

「菊さん、今日は鰻《うなぎ》でも食べましょうか。お滝の元気づけをしたいんです。まだ食べたことがないというので……」

「いいだろう。うちにいるときだけでもうまいものを食わせてやろう。それじゃ、早めに帰ってくることにする」

菊之助は戸口まで行きかけてから、

「お滝、お夕と仲良くなれてよかったな」

と、声をかけた。おはじきに夢中になっていた二人が振り向いた。

「お滝ちゃん、おはじき上手だよ。おじさん」

お夕がにこにこ顔でいう。

「そんなことないわ。ねえ、お夕ちゃんの番よ」

お滝はそういってから、菊之助に言葉を足した。

「おじちゃん、今日はおばちゃんとお風呂に行くんだよ。おじちゃんもいっしょに行くの？」

「そうだったな。ゆっくり浸《つ》かってきなさい。おじさんも仕事が早く片づけばいっしょに行くことにしよう」

「それじゃ、早く片づけて」

「ああ、わかった」

笑顔で応じた菊之助は、お志津と目を合わせてから家を出た。子を持ったことはないが、菊之助は子供が好きだった。昔死んだ妻に子があれば、いまは子持ちだったかもしれない。じつはお志津も子供を欲しているのだが、いまだ授かっていなかった。

表に出ると、暑さがいや増していた。仕事場に向かう菊之助は首筋の汗をぬぐいながら、真っ青な空に浮かぶ入道雲をあおぎ見た。

谷松は胸元を大きく広げて、さっきから盛んに扇子を使っていた。

葦簀《よしず》の先の木で、蟬がジィジィ鳴いている。近くの木には、みんみん蟬が止まっていて、ミーン、ミーンとやかましいほどだ。

「くそ、よく鳴きやがる」

蟬に毒づいた谷松は、冷や酒をあおった。

竈河岸にある飯屋の縁台だった。目の前には浜町堀から引き込んだ入堀があり、舟が浮かんでいる。日の光を照り返す入堀に流れはなく、空の雲を映し込んでいた。

「弥助、小平次の野郎、遅いじゃねえか」

「そうですね」

応じる弥助は諸肌脱ぎになっていた。

「あの男の名だけでもわかりゃ、調べは早いんだがな」

「兄貴は顔は覚えているんでしょ」

「あたりめえだ。忘れるわけがねえ」

「しかし、この辺に住んでねえのかもしれませんぜ」

「ただの通りすがりだったというのか……」

「かもしれません。もし、そうだったら捜すのは大変ですぜ」

谷松はそれは困ると思った。せっかく金を強請ろうと計画しているのに、邪魔に入った男のことがわからなければ、予定の稼ぎが少なくなる。そうなったら、浜吉からむしれるだけむしり取ってやろうか、と思いもするが、一介の鳶人足じゃたいした金は作れないはずだ。十両だって、大金である。おそらく浜吉の一年の稼ぎと変わらないだろう。

「兄貴、金が出来たら、そこの毛抜鮨《けぬきずし》を食いたいですね」

弥助がのんびりしたことをいう。

二人のいる店の近くに、元禄《げんろく》年間に出来たという毛抜鮨があった。笹巻鮨《ささまきずし》ともいうが、近所で評判の店だった。

「魚の小骨を毛抜きで抜くから毛抜鮨っていうらしいですが、おれはまだ食ったことがないんですよ」

「そんなもん、いくらでも食わせてやる」

谷松は兄貴風を吹かせていったが、じつは当の本人も毛抜鮨を食ったことがなかった。

「それにしても小平次の野郎、どこほっつき歩いてやがんだ。やけに遅いじゃねえか」

気の短い谷松に、そうですねと、弥助は他人事《ひとごと》のように応じる。

谷松たちはその日の朝から手分けして人捜しをしていた。目当ては菊之助であるが、三人はまだその名を知らなかったし、住まいも探しあてていなかった。

浜吉と喧嘩騒ぎを起こしたのは、いま谷松がいる竈河岸だったので、当然男はこの近所に住んでいる者だと思って聞きまわっていたのだが、あては外れるばかりだった。

谷松と弥助は早々に引きあげてしまったのだが、小平次は二人が飯屋の縁台に座って一刻《いっとき》（二時間）も経つのにやってこないのである。

その小平次が姿を現したのは、八つ半（午後三時）を過ぎたときだった。

「遅いじゃねえか。てめえ、ずるけてたんじゃねえだろうな」

谷松は目を険しくしたが、小平次は鼻の前で忙《せわ》しく手を振って、そばの縁台に座った。

「ずるけるなんて、ひどいことといわねえでくださいよ。それより兄貴、わかったんです」

「ほんとか！」

谷松は扇子を閉じて、小平次ののっぺり顔をのぞくように見た。

「浜吉の野郎、嘘こきやがったんです」

「どういうことだ？」

「兄貴は喧嘩の邪魔をしたやつを知らねえかと、浜吉に聞いたじゃないですか。あんとき浜吉は知らねえといいましたが、何のことはねえ同じ長屋に住んでる野郎だったんです」

「浜吉と同じ長屋ってことか……」

「そうです。研ぎ師の菊之助って野郎がそうだったんですよ」

「研ぎ師……」

「包丁研ぎ専門らしいですが……」

「なるほど、そうだったか。そうとわかりゃ慌てることたあねえ。もう少し涼しくなってから殴り込みだ」

「兄貴、殴り込みはまずいですぜ」

弥助が諌《いさ》めると、谷松もはっと気づいた顔になった。

「おう、そうだった。やつからもたっぷり搾《しぼ》り取るのが先だからな。……そうか、研ぎ師だったか……。それならそれで、もっと考えをめぐらせてかかることにするか」

「兄貴、嘘をついた浜吉の野郎はどうします」

浜吉に殴られている小平次は、どうしても仕返ししたい口ぶりと顔つきをしている。

「短気は損気というじゃねえか。ここで頭に血を上らせるより、浜吉から金をふんだくるのが先だ。金さえこっちのものになりゃ、あとは煮るなり焼くなり好きにすればいい」

「菊之助って研ぎ師は金を持ってますかね？」

弥助が疑問をはさんだが、谷松もそのことを考えていた。貧乏研ぎ師だったらあてが外れる。そうでないことを願うが。

「やつに女房子供がいるか、ちょいと調べてみようじゃねえか。なんにつけ敵の弱味を握るのは常道だからな」

谷松は舌なめずりをして独り言のようにいって、腕に飛んできた蚊をたたきつぶした。

三

菊之助は砥石を軽く濡らし、包丁をやや寝かせ気味にして研ぎはじめた。すーっ、すーっと、刃先が音を立てて砥石を滑る。午後の光が三和土に斜めに射し込んでいた。

菊之助は片肌脱ぎになって仕事をつづける。研ぎ仕事というのは邪心を払い、無念無想の境地に入ることもできれば、ひとつのことに思いをめぐらせることもできる。菊之助の頭には、いま、ひとつのことが引っかかっていた。それを考えながら仕事をしていた。やはり、定吉のことである。どうしても放っておくことができない。

目の前を蚊遣《かや》りの煙がゆっくり流れていた。片刃を研ぐと、裏に返してもう片方の刃を研ぎはじめた。風の通りの悪い部屋なので、熱がこもっている。炎天の日にはまるで蒸し風呂同然になるが、夏も終わりに近いので一時ほどではない。それでも、額には玉のような汗が浮かんでいた。

小休止をして、鉄瓶《てつびん》の注ぎ口に直接口をつけて水を飲んだ。ふっと、一息ついて、仕事場を我が物顔で飛びまわっている蠅を意味もなく目で追った。

亀蔵にもう一度聞いてみようかと思った。亀蔵でなくても、女房のおさきなら何か覚えているかもしれない。

菊之助は手の甲で口をぬぐうと、抜いていた袖に腕を通して仕事場を出た。

亀蔵夫婦の家は二軒先である。角部屋なので、北側筋にあってもわりと日当りもよく風の通りもよい家だった。

「ああ、これは菊さん、どうしました」

昼寝をしていた亀蔵は、菊之助の声で半身を起こした。乱れた浴衣の襟から骨の浮いたあばらが見えた。

「また同じことを聞いて申し訳ないんですが、定次郎という畳職人のことです」

「あの男のことですか。それにしても、なぜそんなことを……そんなところに立っていないでお入りなさい」

菊之助は敷居をまたいで、上がり框に腰をおろした。

「定次郎がどこに行ったかはわからないということでしたが、二人の倅がいたんでしたね。その下の倅のほうですが、溺れ死んだというようなことは聞いていませんか」

「溺れ死んだ……」

亀蔵はまばたきをして、目脂《めやに》を指先でぬぐい取って舐め、

「そんなことは聞かなかったなあ。そういう話があるのかい？」

と、質問を返してきた。

「そんな話を耳にしましたので、ちょっと気になったんです」

「わたしが知っているのは、定次郎が倅を連れて夜逃げしたってことだけだ。溺れ死んだなんて話は聞いていないね」

亀蔵がそういったとき、女房のおさきが洗濯物を抱えて戻ってきて、「あれ、菊さん」と、しわ深い笑みを浮かべた。

「おさきさんは覚えていませんか？　定次郎という職人の倅が溺れ死んだような話を……」

突然の問いかけに、おさきは一度まばたきをして、

「何でそんなことを聞くんです？」

と、亭主と同じように質問を返す。

「たまたま同じ家に住んでいた男の話を聞いたので、気になっているんですよ」

「あんたも物好きだねえ。だけど、あの人の倅が溺れ死んだなんていう話はな

かったんじゃないかね。あったら覚えていると思うんだけど、ねえあんた」

「ああ、そんな不幸があったら覚えているはずだよ」

結局、老夫婦から得る話はなかった。

定次郎のことを知りたければ、大家か自身番で聞けば親戚筋がわかるはずだから、そうしてみてはどうかと亀蔵はいう。もちろん、菊之助はそのことも考えていた。礼をいって帰ろうとすると、おさきが茶を飲んでいけといったが、断って仕事場に戻った。

定吉という男の話を聞いたばかりに、まったく余計なことを考えている自分が馬鹿らしくなったが、どうしても気になってしまう。それも十年も前の出来事である。だが、定吉が殺したかもしれないという弟の正吉がどうなっているかは知りたい。秀蔵に調べをまかせてあるので、いずれわかると思うが、わかったところで自分は何をしようとしているのかと考えてしまう。

ええい、まったくおれってやつは……。

内心で毒づき、雑念を払うように首を振って包丁を手にした。そのとき、家のなかが一瞬暗くなった。戸口に人が立ったのだ。男は光を背負っているので、すぐには顔がわからなかった。

「菊之助さんだね」

男は低い声でいった。

「そうですが、あんたは？」

見覚えのある顔だが、すぐには思い出せなかった。

「この前、竈河岸ではよくも邪魔をしてくれたぜ」

浜吉と喧嘩をしていたやくざのひとりだったと気づいた菊之助は、顔を引き締めた。

「何をしに来た？」

「用があるから来たに決まってるだろう。ちょいとおまえさんと話がしてえんだ」

「話などおれにはない」

「そっちになくてもこっちにはあるんだよ。怪我をさせられちまって黙ってるわけにはいかねえからな。それとも、おめえは人に怪我をさせて知らんぷりをしようってのかい。そんな了見《りょうけん》はとおらねえぜ。大勢が見てんだ」

菊之助は相手を探るように見た。

「……どういうことだ」

「つべこべいわずについて来なよ。長くかかる話じゃねえんだ」

男は強引だった。菊之助はどうしようか迷ったが、この類《たぐい》の男がしつこいことはよく知っているし、長屋で騒ぎを起こしたくもなかった。

「よかろう」

菊之助は前掛けを外して家を出た。男が先を歩く。牛のように頑丈な体つきで、ひしゃげた下駄のような顔をしていた。浜町堀沿いの道に出たとき、菊之助は名前を聞いた。

「弥助だ。よく覚えておきやがれ」

「どこの一家だ。それとも、ただの与太者《よたもの》か?」

「ひでえことをぬかしやがる。おれは深川六間堀町の友蔵親分の盃《さかずき》を受けてるんだ。妙なことをしやがると、ただじゃおかねえぜ」

「威勢がいいな」

友蔵一家のことはあまり知らなかった。小さな博徒一家か、新興勢力なのだろう。弥助が連れて行ったのは、難波町《なにわちょう》の茶店だった。小川《おがわ》橋のそばで、浜町堀の向こうは大名屋敷だ。茶店には先日、菊之助が投げ飛ばした背の高い男と、のっぺり顔がいた。

「この前はずいぶんな挨拶《あいさつ》をしてくれたな、菊之助」

自分と、のっぺり顔の小平次のことを名乗ってからいったのは谷松だ。据わったような、やくざ特有の目つきで菊之助を見た。

「これでも忙しい身なのだ。話があるなら、さっさとすませてくれ」

菊之助は隣の長腰掛けに座っていった。すると、谷松が袖をめくって晒を巻いている右腕を見せた。これがどういうことだかわかるかという。菊之助は眉根を寄せた。

「おめえに投げられたとき、腕をおかしくしちまってな。お陰で箸もうまくつかめねえ始末だ。ものを食うときは往生するぜ。それだけじゃねえ、こいつもそうだ」

谷松が弥助を見ると、弥助は腰のあたりをさすり、さも痛そうに顔をしかめた。

「おれもおめえに投げつけられたとき、したたかに腰を打ってな。しばらく歩けなかったんだ。いまでもこの辺がずきずきしてよ、堪《こら》えながら歩いてるんだ」

弥助はそういうが、菊之助をこの茶店まで案内する際、そんな素振りは見せなかった。明らかに下手な芝居だとわかったが、

「それで、どうしろというのだ」

と、菊之助は訊ねた。

「おれもこいつも医者にかかった。薬礼をたんまりふんだくられて困ってるんだ」

「それはとんだ災難だったな」

「なんだと、てめえのせいでこんなことになったんだぜ」

「おれの責任だから、払った薬礼を払えといいたいのか」

「おう、そういうことだ。話が早くていいや」

「どこの医者に診てもらった？」

「どこの……」

谷松は眉を上下させて、数瞬言葉に詰まったが、

「家の近くの佐々木兼好《ささきけんこう》という医者だ。すっかりよくなるまで早くて一月はかかるといわれた」

そういって、晒を巻いた腕をさも大事そうにさする。

「ほう、そうかい」

菊之助がさらりと受け答えると、谷松の目がさらに険しくなった。頰を紅潮させもする。

「ほう、そうかいってぇのはどういうことだ。おれたちゃおめえに痛めつけられて、不自由な暮らしをしなきゃならねえはめになってんだ」

菊之助は谷松を黙って見つめた。谷松はにらみ返してくる。

「悪いが、おまえたちの脅しには乗らぬ。人を甘く見るな。下手なことをすれば、もっとひどい火傷《やけど》を負うことになる。そのこと、心しておけ」

武士言葉を使った菊之助がすっくと立ちあがると、谷松が慌てて呼び止めた。

逃げられないように、袖をつかむ。しかも、痛いはずの右腕でだ。

「知らぬふりはさせねえぜ。てめえにはきっちり、落とし前をつけてもらわなきゃならねえ」

「喧嘩両成敗だ。おまえたちは店の女に悪さをして、浜吉に見咎められ、浜吉を袋叩きにしようとした。おれはその仲裁をしただけだ」

「だが、おめえはおれたちに怪我をさせた。違うかッ！」

怒鳴り声で、店の奥にいた亭主と女将《おかみ》がびくっと身をすくませた。

「……怪我をさせたのなら、そのことは謝る。だが、金は払わぬ。それがおれの返事だ。それに、この腕は痛めているほうの腕ではないか」

菊之助がその腕を見てそっと払いのけると、谷松はいたずらを見つけられた子供のような顔になり、わざとらしく腕をさすった。菊之助は茶店を出た。このまままただじゃおかねえぜ、という谷松の声が追いかけてきたが、無視して歩き去った。

四

「休みをくれだと……」

定吉の申し出に棟梁の清兵衛《せいべえ》は顔をしかめた。

「三日、いや二日で結構ですから……」

清兵衛はため息をついて、煙管の灰を座っている材木に打ちつけた。

南品川宿にある海蔵寺《かいぞうじ》の境内だった。庫裡《くり》の普請がつづいていた。

「だめでしょうか？」

定吉は上目遣いで清兵衛を見た。

「おまえにはこの前も休みをやっている。それでまた休みてえといわれて、はいそうですかとはいえねえ。いったい何のために休みを取りたがるんだ？」

「親方にはさんざん世話になった手前、話さなきゃならねえでしょうが、今度ばかりは勘弁してください」

「……まさか女じゃねえだろうな。おめえはお仙と所帯を持つことになってるんだ」

「いえ、そんなことじゃありません」

「なら、なんだ？」

定吉は頭に巻いていた豆絞りの手拭いをほどいて、手で丸めた。親方にはいずれ打ち明けなければならないだろうが、その親方の酒癖を考えると、どうしても躊躇《ためら》ってしまう。清兵衛は腕のいい大工の棟梁で、人の使い方もうまく人望もあるが、酒癖の悪いのが玉に瑕《きず》だった。乱暴をするわけではない。酒が入ると、常と違って人が変わったようにおしゃべりになるのだ。本人は冗談をいって、まわりを和《なご》やかにしようと思っているようだが、口止めしていたことをいともあっさりと話してしまう。笑って聞いているほうはいいが、口止めを頼んだほうはたまったものではない。大工仲間にもその被害にあった者がいて、

「親方に悪気はないんだろうが、あれだけは勘弁してもらいてえよ」

という愚痴を何度か聞いている。

清兵衛の女房も、酒を飲むとどうしてあんなおしゃべりになるんだろうかと、

あきれているほどだ。

「子供の時分に世話になった人に会いにいきたいんです」

定吉は思案した挙げ句、そう答えた。

「だったら最初《はな》からそうだといえばいいんだ。それで、その人は？」

「菊之助という研ぎ師です」

とっさの思いつきだった。

「何としても菊之助さんに会いたいと思っているんです。そうすりゃ別れた親の居所もわかるかもしれませんし……」

「その研ぎ師の家は？」

「おおよそですが、わかっています」

「そうか……」

清兵衛は暮れゆく空を眺めた。そのまましばらく考えたあとで、定吉に視線を戻した。

「おまえは所帯を持つことになるから、その人に礼をいいがてら自分のことを話したいんだろう」

「まあ、そういうことです」

「気持ちはわからなくはねえ。だが、いま人手が足りねえ。おまえに休まれちまうと、ただでさえ遅れている仕事が追いつかなくなる。つぎの普請場も決まっているし、その期日も迫ってる。だが、この寺の仕事が終わったあとなら休みをやってもいい」

定吉はその言葉を聞いて、少しほっとしたが、海蔵寺の庫裡の普請といっても、手の込んだ仕事になっていて、すぐには終わらない。どんなに早くても、あと五日はかかる。

「それからでも遅くねえだろう」

清兵衛が立ちあがると、定吉は慌てた。

「親方、その前に一日でもいいですから休みをもらえませんか？」

すがりつくようにしていったが、振り返った清兵衛は厳しい表情をしていた。

「ならねえ。休みはこの寺の仕事が終わったあとだ。人手が足りねえのは、おまえだってわかってるはずだ」

定吉は黙り込んでうなだれた。

「もし、勝手に休むようなことがあったら、おまえはそれで馘《くび》だ。そう思っておけ」

清兵衛は釘を刺すと、そのまま歩き去っていった。

定吉は唇を嚙んで、あきらめるしかないと思った。その代わり、明日から仕事が早く終わるように、懸命に人の二倍も三倍も働いてやろうと心に決めた。

五

その日の仕事を早めに片づけて家に帰ると、湯屋帰りのお滝が頰をほころばせて、

「おじちゃん、お風呂に入ってきたよ。おばちゃんに髪を洗ってもらったの。それで、あたし、おばちゃんの背中を流してあげたよ」

と、無邪気なことをいった。おじさん、おばさんという呼び方を、おじちゃん、おばちゃんというようにもなっている。それだけ親近感が増したのだろう。湯上がりのお滝の顔は桜色になっており、つやつやしていた。

「今度はおじさんの背中も流してくれないか」

「うん、いつでもいいよ」

お滝はとても二親をなくしたとは思えないほど屈託《くったく》がなかった。それに、すっ

かりこの家が気に入っているようでもある。

お志津の着替えが整うと、三人は揃《そろ》って家を出た。行くのは栄橋《さかえ》に近い、久松町《ひさまつちょう》の鰻屋〈播磨屋《はりま》〉である。中串二本で二百文《もん》という高級店だった。

自分たちも滅多に食べることはないが、お志津がたまには奮発《ふんぱつ》しようといったのだ。それもいつお滝の引き取り手が現れるかわからないので、せめてうちにいるときにでも鰻を食べさせてやりたいという思いを口にした。菊之助もその考えには賛成だった。

菊之助は香《こう》の物を肴に少しだけ酒を飲み、鰻飯に取りかかった。

「どう、おいしい？」

お志津が聞くのへ、お滝は顔をほころばせてうなずいた。透き通ったようにきれいな白目に、黒真珠のような輝きを放つ瞳を持っている。

「おじちゃんもおばちゃんも、おいしい？」

「ああ、おいしいわよ。……お滝、ご飯粒が」

お志津がお滝の口許についている飯粒を取ってやると、

「おじちゃんもおいしい？」

と、菊之助にも聞く。

「うまいとも。ほっぺたが落ちそうだ」

冗談をいってやると、お滝はころころと笑った。菊之助は純真で無垢《むく》な心を持つ子供といっしょにいるだけで、ささやかな幸せを感じた。

腹を満たすと、お滝を真ん中にして手をつないで歩いた。夜風が肌に心地よくなっていた。浜町堀をゆっくり下る舟の明かりが堀端の柳を照らしていた。

次郎が汗だくでやってきたのは、家に帰って一息ついたときだった。

「横山の旦那が人手がほしいというんです。それだったら菊さんがいいんじゃないかと思いまして……」

次郎は船頭殺しの下手人が橘町《たちばなちょう》の小間物《こまもの》屋に隠れているのを突き止めたので、これから捕縛にかかるが、下手人には仲間が三、四人いるので取り逃がす恐れがあるというのだ。この時刻に捕り方を仕立てるのは手間がかかるので、近くに住む菊之助に助を頼みに来たのだった。

「店を張っているのは何人だ？」

「おいらと横山の旦那と、五郎七さん、甚太郎《じんたろう》さん、寛二郎《かんじろう》さんです」

菊之助は口を引き結んで、お志津を見た。

「聞いたとおりだ。行ってくる」

「気をつけてください」

お志津は顔をこわばらせはしたが、菊之助の愛刀藤源次助眞《ふじげんじすけざね》を居間から持ってきて、菊之助に渡した。

「お滝の敵《かたき》だ。逃がすわけにはいかぬ。行ってまいる」

次郎とのやり取りはお滝に聞こえないようにしていたので、

「おじちゃん、どこへ行くの？　すぐに帰ってきてよ」

と、お滝が愛らしい言葉をかけてきた。

「そいつはたしかに船頭殺しの下手人なのだな」

菊之助は表通りに出てから、急ぎ足で案内する次郎に声をかけた。

「はっきりそうだとはいえませんが、直七《なおしち》の舟を盗んだ男にそっくりだというのが聞き込みでわかったんです」

「どんな男だ？」

「遊び人です。気紛れに日傭取《ひようと》りをしては、博奕《ばくち》場に入り浸っているような男で、いっしょにいる仲間も同じ遊び人仲間ということです」

「それじゃ下手人の名もわかっているんだな」

「徳市《とくいち》って名で、下野《しもつけ》から流れてきた男らしいです」

「徳市……」

菊之助はつぶやきを夜風に流した。

千鳥《ちどり》橋を渡り、二筋目を右に折れたところが徳市がいるという小間物屋だった。橋町二丁目にあり、店の名は〈根岸《ねぎし》屋〉といった。

「菊の字、こっちだ」

暗がりから秀蔵が姿を現した。近くに小者の寛二郎と甚太郎、少し離れたところに鉤鼻の五郎七の姿があった。どこかで三味《しゃみ》の音《ね》がしていた。

「相手は何人だ？」

菊之助が聞いた。

「三人か四人、店の亭主が仲間ならひとり増えるってわけだ」

「おれたちで間に合うか……」

菊之助は次郎たちを見た。こっちは六人だが、甚太郎と寛二郎はあまり腕《うで》っ節《ぷし》の強いほうではない。次郎も剣術の心得はあるが心許ない。

「ぐずぐずして逃げられたら元も子もない。せっかく徳市の居所を突き止めたんだ」

秀蔵はそういってから、次郎たちに顔を向けた。

「みんな手はずどおり位置につけ。五郎七、菊之助が来たので、おまえは裏にまわれ」

「旦那は？」

五郎七が聞いてきた。

「おれと菊之助は表から入ることにする。行け」

秀蔵の指図で、みんなは足音を殺して逃げ場を塞ぐための配置についた。それぞれ、十手を手にしており、尻を端折《はしょ》り襷《たすき》をかけていた。菊之助は顎をしゃくる秀蔵のあとにしたがった。

二人で玄関の前に立った。戸は閉じられている。脇の潜《くぐ》り戸も同じだ。

「こんな暑い晩に、おかしいだろう」

秀蔵が閉まっている戸を見ていう。多くの家が風通しをよくするために、戸を開けている。もっとも表戸は閉めて、裏の雨戸や勝手口の戸を開けている家もあるが、根岸屋はご丁寧に二階の窓も閉めていた。

「根岸屋さん、夜分に申しわけねえ。ちょいと開けてくれねえか」

秀蔵が声をかけて、戸をたたいた。

しばらくの間があって、「どちら様で？」という声が返ってきた。

「近所の横山だ。ちょいと頼みがあるんだ」

「はて、横山さん?」

声を返してきた男が、戸の向こうで首をかしげるのがわかった。足音が近づいてきて、留め具が外され、脇の潜り戸が開いた。

そこから男が顔を突き出した瞬間、秀蔵は男の襟首をつかみ、片腕を首に巻きつけ、掌で口を塞いだ。

六

「南町奉行所の横山だ。下手なことは考えるな」

秀蔵が低く抑えた声を漏らすと、男は目を大きく剝《む》き、わかったというように二度うなずいた。

「店に徳市という遊び人がいるはずだ。その他に仲間は何人いる?」

男は指を三本立てた。

「おまえは店の者か?」

「そうでございます。どうか手荒なことはご勘弁くださいまし……」

塞がれていた口の間から、男は声を漏らした。

「妙な真似をすれば怪我をすることになる。徳市らは何をしている？」

「二階の奉公人部屋で、博奕をやっています」

秀蔵はちらっと二階を見て、男に顔を戻した。

「おまえはこの店の主《あるじ》か？」

「はい、精吉《せいきち》と申します」

「家族と奉公人はどこにいる？」

「下の階です。いったい何があったんでございます？」

秀蔵は主を放してやった。

「いまにわかる。おまえはおとなしく店に戻って、家族に危害が及ばないようにするんだ。さ、行け」

主はビクビクしながら店のなかに戻っていった。潜り戸は開けられたままだ。

少し間を置いて秀蔵が先に店のなかに入って、刀を抜いた。菊之助もあとにつづいた。

土間先に階段があった。その右側の居間にいる主家族と奉公人たちが、怯《おび》えたような目を向けてきた。そのとき、二階から声がした。

「親父、酒を持ってきてくれ」

秀蔵がさっと主を見て、返事をしろというように顎を振った。

「へ、へえ。ただいまお持ちします」

主が言葉を返すと、菊之助と秀蔵は階段の下でしばらく待った。二階から笑い声と、毒づく声が聞こえてきた。

「よし」

秀蔵が階段を上りはじめた。菊之助は刀を抜いて、あとにつづいた。丁だ半だという声が聞こえてくる。二階の明かりが階段の上がり口にあった。

二階の部屋を用心深くのぞき見た秀蔵は、そのまま勢いよく階段を上がるなり、

「南町奉行所だ！　そのまま神妙にして、動くんじゃねえ！」

声を張った秀蔵のあとに、菊之助が立った。

男たちは諸肌を脱ぎ、壺と賽子《さいころ》を真ん中にして車座になっていた。誰もが突然のことにびっくりしており、地蔵のように固まっていた。

「動くな、動くんじゃねえぞ。ちょっとでも妙な真似しやがると、血を見ることになるぜ」

秀蔵が鈍い光を放つ刀を脇に構えて足を進めた。

「な、何です。博奕の手入れですか……」

ひとりの男が声を震わせていった。秀蔵はそれには答えず、

「徳市はどいつだ？」

と、聞いた。右から二番目の男を仲間が見た。

「おめえか……」

秀蔵は徳市に近づくと、その喉元に刀の切っ先を突きつけた。行灯の明かりに染められた徳市の顔が青ざめた。

「てめえらにも話を聞かなきゃならねえ。今夜のお遊びはここまでだ。菊之助」

「うむ」

応じた菊之助は二階の窓を開けて、店のまわりにひそんでいる仲間に声をかけた。

「みんな、二階に来るんだ」

徳市と三人の仲間は橘町一丁目の自身番で調べを受けたが、徳市以外の者たちの嫌疑は薄く、船頭直七殺しに関与している節《ふし》はなかった。また、事件当日にその三人は、木挽町や築地にいた形跡はなかった。この真偽をたしかめるために次

郎と甚太郎が、彼らの証言にしたがった聞き込みを行った結果、無実が証明されたのだ。

徳市以外の者たちは、件《くだん》の日に夏の洪水で決壊した浅草今戸町《あさくさいまどちょう》の堀川の補修仕事を請け負っており、雇い人とともに今戸町に宿泊していたのだった。

問題は徳市であるが、これも犯行を否定するばかりだった。

「おまえが何だかんだいっても、盗まれた舟をおまえが乗り回しているのを見た者がいるんだ。いい加減逃げ口上はやめて、観念しねえか」

「何度でもいいますが、やっていないものはやっていないんです。人殺しなんて、そんな物騒《ぶっそう》なことはあっしにはできないことです。旦那、わかってくださいよ」

嘘や作り事をいっているんじゃないんです」

徳市は泣きそうな顔で秀蔵に懇願した。

「おまえは思案《しあん》橋で直七の舟を見つけて、それで丸一日ばかり乗り回し、湊橋のたもとで乗り捨てた。それをそのまま信じろっていうのが土台無理だ」

「でも、あっしはやっちゃいません。そりゃ舟を盗んで乗り回したことは認めますが……」

「わかった。埒《らち》は明かねえが、このままじゃ夜が明けちまう。おまえは大番屋で一晩泊まりだ」

「そんな……」

徳市は情けなく眉をたれ下げた。

「明日、あらためておまえのいい分を存分に聞くことにする。寛二郎、五郎七、こいつを大番屋に連れてゆけ。他の者は帰っていい」

秀蔵はやれやれと首を振って、自分の肩を閉じた扇子でたたいた。

「菊の字、遅くまで付き合わしちまって悪かった。こいつは明日調べ直す。何かわかったらすぐに知らせる」

菊之助は何も言葉を返さなかったが、秀蔵の問い詰めを傍《そば》で見ていて、徳市は真の下手人ではないような気がしていた。しかし、それは徳市のうまい逃げ口上かもしれない。本当に直七を殺していれば、死罪である。生きるためなら必死に頭をめぐらせ、詭弁《きべん》を弄《ろう》するのが悪党である。徳市の言葉を鵜呑みにできないのはもっともなことだった。

「菊さん、どう思います？」

家路につきながら肩を並べている次郎が聞いてきた。

「何ともいえないが、明日の調べではっきりするだろう」

「やつじゃなかったら、また振り出しに戻ることになります」

どうやら次郎も徳市を下手人と見ていないようだ。

「そうならないことを祈るばかりだ。次郎、星がきれいだな」

菊之助の言葉で、次郎も空をあおいだ。

満天に、きらめく星たちが散らばっていた。四つ（午後十時）の鐘が、その空を静かに渡っていった。

七

その頃、本所・弥勒寺裏の飯塚《いいづか》某という旗本《はたもと》屋敷の中間《ちゆうげん》部屋から、ひとりまたひとりと裏口に向かう男たちの姿があった。賭場がお開きになり、帰っていく客たちだった。勝った者もいれば負けた者もいるが、みんな人目を忍ぶように夜の闇のなかに消えていった。

賭場《とば》となった中間部屋では片づけが行われており、谷松と弥助と小平次は、湯呑みや酒瓶などを台所に下げ、賭場に使われた座敷に雑巾をかけて、ようやくその日の仕事から解放された。

「一杯やって帰ろうじゃねえか。明日の段取りもつけなきゃならねえしな」

谷松は表に出てから二人の仲間を誘った。

「それにしても、今夜の親分は機嫌がよかったですねえ」

弥助が胸元を大きく広げながらいう。

「あたりめえだ。今夜は大きく張る客が多かったからな。少なくとも二、三百両は懐に入ったはずだ」

「いつもそうだと、おれたちの小遣いも増えるんですがねえ」

三人は胴元側だから、賭けることはできなかった。賭けるのは客同士で、友蔵一家の者たちは客の送り迎えや賭場の準備と片づけ、中間部屋へのお礼などに忙《ぼう》殺《さつ》されるし、用心棒も兼ねていた。また、不意の手入れにも警戒しなければならない。賭場が開かれるときは忙しいが、寂しい懐が暖かくなる。親分の友蔵はその日の上がりによって、金を分配していた。上がりがよければ当然、子分たちの小遣いも増える。

三人は五間堀《ごけんぼり》沿いの道から六間堀沿いに歩き、北之橋《きたのはし》の西詰めに近い小さな居酒屋の戸を引いた。暖簾はとうにしまわれているが、友蔵一家の息のかかった店で、主が店にいなくても、一家の者たちは勝手に酒を飲むことができた。もちろん、いつもそんなことができるわけではない。賭場が開かれるときは遅くなるのがわかっているので、前もって一家の若い衆がその旨の話をつけているのだ。

谷松は先に立ち寄っている者がいると思ったが、予想に反し、その夜は誰も店にはいなかった。今夜はいつになく儲けが大きかったので、他の連中は朝までやっている深川の岡場所あたりに繰り出しているのだろうと勝手に思った。

がらんとした店には、有明《ありあけ》行灯しか点されておらず薄暗かった。小平次が気を利かせて、壁際にある燭台《しょくだい》に火を点けた。

「とにかく酒だ」

小上がりには徳利が用意されていて、みんなはそれぞれのぐい呑みに酒を満たした。高足膳《たかあしぜん》ににぎり飯と沢庵と菜漬けがあったので、それを肴にした。

「明日は浜吉から金を取るが、菊之助って野郎も締めあげなきゃならねえ」

谷松はにぎり飯を頬ばっていう。

「菊之助には女房がいます。それに娘がひとり……」

小平次は指についた飯粒をねぶり取って、言葉を足した。

「だけど、その娘はやつの子じゃないようです」

「どういうことだ?」

谷松は酒に口をつけて聞いた。

「詳しい話は聞いちゃいませんが、何でも預かっているだけってことです」

「へえ、そうか。そりゃ面白い話だ。で、いくつぐらいだ?」

「四つだと聞きました」

「……なるほど」

谷松は団扇を手にして考えた。いざとなったら娘を攫《さら》って、金を脅し取るか……。

「兄貴、あの研ぎ師を脅すのは浜吉から金をふんだくったあとがいいでしょう」

弥助が吸いついてくる蚊をたたきつぶして、谷松を見た。

「そのつもりだ。浜吉の片をつけてから、あの研ぎ師の野郎にしっかり教えてやるんだ。舐められたまま引っ込んじゃいられねえからな」

「だけど、あの研ぎ師は食えねえ顔してます。油断しねえほうがいいでしょう」

「油断も糞もねえ。いざとなりゃ、預かっているという娘を攫うまでだ。女房のほうに軽く脅しをかけるのもいいかもしれねえ」

「兄貴、剣術の強いやつ《やっとう》をひとり加えるってのはどうです。あの野郎、研ぎ師の分際《ぶんざい》で、やけに腕っ節が強くありませんか。それに侍言葉を使うのが気になるんです。もし侍崩れなら、一筋縄じゃいきませんよ」

進言するのは小平次だった。じつは谷松もそのことが気にかかっていたのだ。

しかし、助っ人を頼めば、取り分がそれだけ減ることになる。

「やつの弱味を握りさえすりゃすむことだろ。だが、そんなやつがいるのか？」

谷松は脛《すね》にはりついた蚊をたたき殺して、小平次を見た。

「ひとり知っている浪人がいるんです。二、三両もありゃあ何でもやるっておれにいったことがあります」

「ずいぶん安請け合いをするやつだな。それで強いのか？」

「免許持ちだといっておりました。狭間《はざま》平九郎《へいくろう》という浪人です」

「……ま、考えておこう。だが、明日はおれたちだけでやつと話をする。その前に、やつの女房と預かっているという娘のことを調べるんだ」

谷松は酒を舐めるように飲んで、明日が楽しみだと独り言のようにつぶやいた。

浜吉は悶々《もんもん》とした夜を過ごしていた。

隣ではお夕が気持ちよさそうな寝息を立てている。その向こうに女房のおたえの寝顔が見えた。蚊帳のなかだが、窓を開けているので、闇に慣れた目はおたえの顔をはっきり見ることができた。

浜吉は寝返りを打って、布団の下に隠している巾着をつかんだ。五両が入っていた。谷松たちに渡す金である。これで勘弁してもらおうと思っていたが、谷松たちはその日姿を見せなかった。このまま顔を合わせずにすめばいいと思うが、あの連中のことだからあきらめはしないだろう。

だが、いまの自分には十両の金など作れない。どうにかやり繰りして、仕事仲間に頭を下げて何とか五両を工面したが、それが自分にできる精いっぱいのことだった。これで手を打ってもらうしかない。

浜吉は闇のなかの一点を見つめつづけた。谷松らに関わったことを後悔していた。竈河岸の店に入らなければよかったのだ。そうでなくても、店の女をからかうやつらのことを、他の者たちと同じように見て見ぬふりをしていればよかったのだ。店の女はいやがっていたが、やつらはからかっていただけなのだ。下手な正義感をふりかざしたのは、まったく余計なことだった。

しかし、それはもうすんだことでどうすることもできない。金のある者なら、五両や十両はたいした金ではないだろうが、自分のような鳶人足でなくても町の多くの者たちには大金である。

非は相手にあったとしても、自分はその相手に怪我をさせてしまったのだから申しわけがない。たとえ相手が人にいやがられるやくざでも、誠意だけは尽くさなければならない。それでも気に病むのは、十両の要求に対して半分の五両しか作れないことだった。女房子供を持つ自分にとって五両は大変な出費である。この先、その穴埋めもしなければならないし、やつらがあくまでも十両を要求するなら、やはりあと五両を工面しなければならない。

開き直って突っぱねてしまおうかと思いもするが、やつらは女房のおたえを女郎にするといった。ただの脅しとは思えない。そんなことをやりかねない相手なのだ。

おたえとお夕は、自分の身に代えても守らなければならないのだが、それにしても金である。五両で話がつくことを願わずにはいられないが、不安でしかたなかった。

いつまでも眠りにつけない浜吉は、我知らず深いため息をついていた。

「あんた」

不意の声に浜吉は、ビクッと肩を動かした。

「何を悩んでいるの？」

おたえが言葉を重ねた。浜吉は頭を動かしておたえを見た。闇のなかで光る黒い瞳が自分を見つめていた。

「何でもない。眠れないだけだ」

「……困っていることでもあるの？」

「そんなことはない。変に気を回すな」

浜吉はおたえから視線を外して背を向けた。すまねえと、心の内で謝る。おまえたちは絶対に守ってやるからと、胸の内にいい聞かせた。なぜだか、悔しくてしかたなく、目に涙がにじんだ。明日、谷松たちに会ったら、土下座してでも、つばを吐きかけられても、五両で勘弁してもらおうと強く思った。

第四章　助っ人

一

翌朝、仕事場に入る前に、菊之助は、長屋の屋根に切り取られた薄曇りの空をあおいだ。陽は雲の向こうに霞《かす》んでいた。出職《でしょく》の職人たちが出払ったあとで、亭主を送り出した女房たちが井戸端で洗い物をしながら雀のようにしゃべっていた。

菊之助は仕事場に入ると、いつものように研ぎ支度をして、蒲の敷物に座った。曇り空のせいで空気がじめついていて、蒸し暑さを感じた。どぶの臭いもいつもよりきついので、慣れるのに時間がかかった。蚊遣りをつけ、団扇であおぎながら、昨夜捕縛された徳市は白状しただろうかと考えた。

徳市の仕業ならそうそうに解決ということになるのだが……。はたしてどうだろうかと、昨夜のことを頭の片隅で反芻《はんすう》して、仕事にかかった。その一方で、定吉のことが気にかかった。あの男がいったことは本当だったのだろうか？　もっとも、嘘をついたとも思えないが。正吉という弟がどうなったかは、秀蔵に調べを頼んであるので、いずれわかるはずだ。

菊之助は研いでいた包丁を、手許に置いて、息をついた。いつになく仕事に集中できない。徳市や定吉のことを考えながらも、お滝のことも気にかかる。このまま誰も引き取り手がなかったらどうなるだろうかと思うのだ。

お滝はすっかりお志津に懐き、また自分にも心を許している。日を追うごとに、自分もお志津もお滝のことを我が子のように思うようになっている。お志津はいった。

「菊さん、もし誰も引き取ってくれる人がいなかったら、このままうちで面倒見てしまいましょうか」

菊之助は即答を控えた。だが、それでもいいと思う気持ちがあった。そんなことに思いをめぐらしながら目の前を流れる蚊遣りの煙を眺めていると、戸口に人の立つ気配があった。そちらを見ると、お滝の可愛い顔があった。そばには浜吉の娘、お夕もいる。二人とも、にこにこ微笑んで菊之助を見ていた。

「……おじちゃん、忙しいの？」

お滝が遠慮がちに聞いてきた。

「ああ、ぼちぼちぼち忙しいよ」

「……ぼちぼち」

お滝はつぶやいて、お夕と顔を見合わせ、くすっと笑い、愛らしく首をすくめた。

「おとっつぁんも、おじさんみたいに長屋で仕事できるといいな」

お夕が浴衣の袖をいじりながらいう。

「そうだな。だけど、お夕のおとっつぁんは、外で働く立派な職人だ。こんなちっぽけな家で仕事するような男じゃないんだ」

「おとっつぁん、立派なの？」

お夕は大きな目をぱちくりさせる。

「ああ立派だよ。おじさんより、うんとえらい男だ」

「へえ、そうなんだ」

「あたしのおとうは……」

お滝が蚊の鳴くような声を漏らした。その顔が寂しそうに曇っていた。菊之助はこんなところで父親の話をしてはまずいと思った。

「さあ、おじさんは仕事がある。お滝、お夕と仲良く遊んでいなさい」

お滝は考えるような目で仕事場のなかを見まわしてから、

「うん、遊んでくるね。お夕ちゃん、行こうか」

そういって戸口から姿を消した。菊之助は去っていく二人に、あんまり遠くに行くんじゃないよと声をかけた。

秀蔵の言伝《ことづて》を持って次郎が訪ねてきたのは、その日の昼前のことだった。

「そうだったか……」

昨夜捕まえた徳市はあくまで否定し、裏付けを取ってみると、直七を殺せなかったことがわかったのだった。件《くだん》の日、徳市は日傭《ひよう》取り仕事に出て、そのあと博奕場に入り浸り、持ち金をすっかりすっていた。腐っているときに、乗り捨てられた直七の舟を見つけて拝借しただけだったのだ。

「徳市はあの舟を売っ払おうと考え、乗り回していたんですが、買い手が見つからないので、結局は湊橋のそばで乗り捨てただけのようです」

「それじゃ、下手人捜しは一からやり直しか……」

「早い話がそういうことです。それで横山の旦那が菊さんを連れて来てくれといってるんですが……」

「助か？」

「いえ、他に話があるようなことをいっていました」

菊之助は視線を泳がせて、正吉のことではないかと思った。

「どこに行けばいい？」

「思案橋のそばの茶店でお待ちです」

長屋を出たのはそれからすぐのことだった。そのとき、井戸端で遊んでいるお滝とお夕の姿が見えた。相変わらずの曇り空だが、雨の気配は感じられない。しかし、蝉の声はいつもより少ないようだ。

秀蔵は難しい顔をして茶店の縁台に座っていた。そばには小者の寛二郎がいた。

「仕事の邪魔をしたかな？」

扇子をあおぎながら、秀蔵が無表情に見あげた。

「気にすることはない。とくに急ぎの仕事はないんでな……。徳市は違ったらしいな」

「しかたねえ。よくあることだ。だが、なぜ直七の舟がここにあったのかが気になる。徳市の野郎は、ここで舟を拾ったといった」

　秀蔵の目は思案橋の袂に注がれていた。荷舟や猪牙舟《ちよきぶね》がつながれている。菊之助も同じように見てから口を開いた。

「直七が殺されたのは築地だったな」

「うむ」

「下手人は直七を殺し、舟を奪ってそのままここに来たということだろうか……」

「そう考えるのが普通だろうが……。問題はそのあとの足取りだ」

　秀蔵はそういってから扇子を閉じて菊之助を見た。

「呼んだのはそのことじゃない。おまえに頼まれた例の話だ」

「わかったのか？」

「うむ」

　うなずいた秀蔵は次郎と寛二郎に席を外させた。

「おまえのいう正吉という男の子の死体はどこにもあがっちゃいない。あがっていれば番所に口書きが残っているはずだが、そんなものはなかった。念のため北番所のほうも調べさせたがなかった」

「それじゃ、生きているということか……」

「死体があがってなきゃ、そういうことだろう。おまえのいう橋のあたりで落ちたのなら、ほとんどといっていいくらい死体はあがるらしい。海まで流されることもないそうだ」

「……そうか」

菊之助は遠くに視線を投げて、定吉は弟を殺していないのだと思った。つまり、定吉は罪人ではない。

「調べはそれだけでいいのか？」

「ああ、礼をいう」

「それには及ばねえさ。おまえにはもうひとつ話があるんだ」

「なんだ？」

「仕事を手伝ってくれ」

秀蔵が涼しげな目をまっすぐ向けてきた。きりっと口を引き結んでいたが、

「いよいよ、おまえの助がいる」

と、言葉を足した。

菊之助は可愛いお滝のことを瞼《まぶた》の裏に浮かべた。下手人はお滝の敵《かたき》である。

それに今回にかぎって、先に手伝っていいといったのは菊之助だった。

「わかった」

二

一日中曇っていたが、夕方になってようやく日が射すようになった。その日の仕事を終えた浜吉は、西の空に浮かぶきれいな夕焼け雲を見て手押し車にもっこを返した。そばに親方が立っていて、仕事を割り振っている町名主《まちなぬし》と立ち話をしていた。明日の仕事の打ち合わせをしているのだ。

浜吉はべとつく汗をぬぐってから、半纏の袖に腕を通した。鳶人足は、土木作業や道の補修、どぶ掃除などの他に町内の雑役をこなしていた。いざ火事となったら、火消し人足として働くので、給金や手当などは彼らが受け持つ区域の、町費や町内の有力者からの寄付金で賄《まかな》われていた。

浜吉が属しているのは、大伝馬町《おおてんまちょう》・通油町《とおりあぶらちょう》・小網町《こあみちょう》・小舟町《こぶなちょう》・堺町《さかいちょう》・堀江町《ほりえちょう》・富沢町《とみざわちょう》・高砂町あたりを受け持つ「は組」であった。

は組は百三十人ほどの大所帯で、大火事になれば店人足《たなにんそく》といわれる町の者が応援に駆けつけることになっている。この店人足は四百五十人を上回る数だった。

「浜吉、やりに行くか」

声をかけてきた仲間が、酒を飲む仕草をした。

「いや、今日は都合が悪いんだ」

「そうかい。なら、まただ」

仲間は肩に手拭いをひょいとかけて歩き去っていった。見送った浜吉は、話し込んでいる親方を見て、ゆるめの紺股引の紐を締め直し、羽織った半纏を脱いで、わざと埃《ほこり》を払った。谷松らのことを親方に相談しようかどうか迷いつづけていた。

博徒――つまり、やくざ連中は滅多に町火消しと喧嘩をすることがない。まったくないとはいえないが、団結力のある町火消しと事を起こせば面倒になることを、やくざは知っているからである。

しかし、いざ揉め事が起きると大がかりになってしまう。互いに面子《メンツ》があるので、双方なかなか引こうとしないのだ。結局、仲立ち人を立てて手打ちとなることが多いが、これには金がかかる。

だから、浜吉は谷松らのことをどうしようか迷っているのである。それに浜吉の親方は、は組の頂点に立つ頭取《とうどり》ではない。上から三番目の梯子持《はしご》ちだった。百三十人ほどいる組の連中が常に同じところで、同じ仕事をしているわけではない。いくつもの小さな組に分かれて、町内の雑役をこなしているのだった。

「浜吉、まだいたのか」

声に振り返ると、町名主と話し終えた親方が、煙管を口にくわえたところだった。

「いま帰るとこです」

「明日もここの仕事をやることになった。もっとも、先の道だがな」

親方は西日を受けている通旅籠町《とおりはたごちょう》のほうを見ていった。人の行き交う通りには赤とんぼが舞っていた。仕事は雨で穿《うが》たれた道の平坦整備だった。

「秋の長雨に備えておきてえらしいんだ。明日は砂利を多めにまくことにする」

「……明日も力仕事ですね」

「しんどいが、やるしかねえだろう。〈井筒屋《いづつ》〉の旦那のたっての注文でもあるっていうからな」

井筒屋は通旅籠町の大店で、は組には多額の献金をしていた。

「明日の段取りはすんだから、帰ってゆっくり風呂に入って汗を流すか」

浜吉は背を向けかけた親方に慌てて声をかけた。

「あの、親方」

「なんだ?」

親方はすぐに振り返ったが、浜吉はそこで躊躇った。やはり安易に持ちかけないほうがいいだろうと思い直したのだ。

「いえ、何でもないです。お疲れさまでした」

「……妙だな、何かあるのか?」

「いえ、このところ力仕事がつづいてるじゃないですか」

浜吉は無理をして口許に笑みを浮かべた。

「大変なのはおれより、おまえたちのほうだ。つぎは楽な仕事をもらうことにする」

親方はそういい残して、今度こそ歩き去った。

浜吉はその背中を見てからきびすを返した。五両で話がつけばどうにかなるはずだ。それですまなければ、そのとき親方に相談すればいいだろう。家路につきながら浜吉は谷松たちのことを考えた。しかし、五両、十両の金で谷松のいる友蔵一家とにらみ合うことになったら、もっと金がいるはずだ。そうなったら自分のせいである。だから、事を大きくしたくないという気持ちが浜吉にはあった。

陽は見えなくなっていたが、町屋には名残があった。浜町堀を下る舟も提灯を点《つ》けていなかったし、通りにある店の軒行灯や提灯にも火が入っていなかった。浜吉は谷松たちがいやしないかと、道の先や周囲に視線をめぐらしていたが、姿は見えなかった。

先日のことは単なる脅しで、もうやってこないのかもしれない。あいつらだって、下手に鳶人足と揉めたくはないはずだ。ひょっとすると自分がは組の者だと知って、強請るのをやめたのかもしれない。そうであってくれればいい。

だが、それは甘い考えだった。やはり谷松たちは浜吉を待っていたのだ。それは千鳥橋を過ぎてすぐのところだった。

三

「よう、浜吉さんよ」

谷松が茶店の葦簀《よしず》の陰から立ちあがったのだ。そばには弥助と小平次がいる。

浜吉はすくんだように立ち止まった。

「例の約束だが、忘れちゃいまいな」

谷松が懐手《ふところで》をしながら近づいてきた。小平次と弥助が左右に立った。浜吉は気丈《きじょう》な目で三人をにらむように見た。谷松が頰髯を撫でて、どうなんだと言葉を重ねた。

「わかってる」

「金は揃っているんだな。渡してもらおうか」

「その前に話がある」

「ほう、どんな話だ」

浜吉は周囲を見た。夕暮れの道には人目が多かった。土下座するには場所が悪い。脇道を入ったところに稲荷社があるのを思い出した。

「そっちでしよう」

浜吉がうながすと、三人があとをついてきた。

稲荷社の小さな鳥居をくぐり、数段の階段を上がるとすぐに祠《ほこら》だが、その前には一坪ほどの場所があった。両脇には柊《ひいらぎ》と榊《さかき》が植わっているので人目にはつかない。

「おれはこう見えても、町火消しに入っている男だ」

「は組のことは先刻承知だ。それがどうした」

谷松は余裕の顔でいう。

「町火消しと博徒一家で揉め事は起こしたくない」

「おいおい、妙なことをいうな。これはおれたちとてめえだけの話じゃねえか。いや、そうじゃねえ、歯を折られ顎の具合が悪くなった小平次とおめえの話だ。おれたちだって十両ぽっきりの金でゴタゴタは起こしたくねえさ」

浜吉は唇を噛んで、うなだれた。たしかに谷松のいうとおりである。十両ぐらいでは、は組の親方も、谷松らの親分も動きはしないだろう。

「すまねえが、五両で勘弁してくれないか。おれは平蔦《ひらとび》だ。決して稼ぎがいいわけじゃない。家には幼い娘と女房がいる。小平次のことはこのとおり謝る」

浜吉は両膝に手をつけて、深々と頭を下げた。谷松たちは黙っていた。

「頼む、五両ならすぐここで渡す。これこのとおりだ」

浜吉は懐に手を入れると、後生《ごしょう》大事に持ち歩いている巾着から五両をつかみ取って差し出した。谷松が黙って受け取った。

「……許してくれねえか」

浜吉は恐る恐る顔をあげて、谷松と小平次を見た。

「半金じゃしょうがねえだろう」

谷松が首を振っていった。

「おい浜吉、舐めてかかるんじゃねえよ。泣き言いうんだったら、その前におれの歯を返してもらおうじゃねえか」

小平次がすごんだ。

「すまねえ、これが精いっぱいなんだ。おれには十両なんて金は出来ねえ。五両を工面するのがやっとなんだ。何とかこれで許してくれねえか」

浜吉はそのまま地面にひざまずき、頭を下げた。頼む、これで勘弁してくれと嘆願し、さらに言葉を重ねた。

「これで納得がいかねえなら。おれの歯を折ってくれ。好きなように殴るなり蹴るなりしてくれ」

「ふざけんな！」

小平次にいきなり腹を蹴りあげられた。浜吉はしばらく息が出来ずに、体を海老のように丸めた。息苦しさにうめくと、今度は脇腹を蹴られた。浜吉はそのまま横に転がり、片頬を冷たい地面につけた。

「小平次、やめねえか。こいつに怪我をさせたらおあいこになっちまう」

頭に血を上らせている小平次を谷松が宥《なだ》めて、しゃがみ込んだ。そのまま浜吉の顎を片手で持ちあげてにらんだ。

「おめえは二、三日待ってくれ、金は必ず都合するといった。それでもおれたちゃ、おめえのことを思って、少し余裕を持たせたんだぜ」

「……………」

「なのに、半分しか出来なかったから、それで勘弁してくれだと。てめえ勝手なことをぬかすんじゃねえぜ」

「それはわかっている」

ぴしっと、鋭い音が薄闇に響いた。谷松が浜吉の頬を張ったのだ。浜吉の唇の端が切れ、血がしたたった。

「わかってるんだったら、なぜ約束を守らねえ」

「だから工面できなかったんだ」

「だったら、もう一度工面するんだ」

腹を蹴られた浜吉は咳《せ》き込んだ。

「不自由な目にあわせて十両ですみゃ安いもんじゃねえか、そうじゃねえか。……それともおめえの女房をカタにするか。おれたちゃそれでもいいんだぜ。小平次もそれがいいかもしれねえといってるぐらいだ」

浜吉は手の甲で切れた唇をぬぐって谷松を見あげた。いたぶる目が見下ろしていた。

「女房に手は出させねえ」

「だったら、あと五両作るんだ」

浜吉は黙り込んだ。やはり谷松たちは許してくれそうにない。金を作るしかないのか。気は重くなるが、そうするしかないようだ。

「どうするんだよ、浜吉」

「……わかった。何とかしよう」

「よし、それじゃ五日ばかり待ってやろう。おまえも大変だろうからな。それでいいな」

浜吉は曖昧《あいまい》にうなずいた。

「それじゃ五日後だ。忘れるんじゃねえぜ」

谷松は立ちあがると、弥助と小平次を連れて稲荷社を出ていった。浜吉はずっと暗い地面を見ていた。切れた唇の血が、点々とその地面に落ちた。手の甲で口をぬぐい、半身を起こすと、やるせないため息をつき、

「ちきしょ……」

と、固めた拳で地面をたたいた。

四

秀蔵の助っ人を受けた菊之助は、その日、当面請《う》けている研ぎ仕事をいつもより早めに仕上げて、贔屓《ひいき》の店に届けてきた。町屋にはすでに宵闇が降りており、道端の草むらや路地から低い虫の声が湧《わ》いていた。それだけで夏の終わりを感じることができた。日中空を覆っていた雲もいつしかなくなり、空には明るい月が浮かんでいた。

明日はいつもより早起きをして、次郎といっしょに動くことになっている。家路についている菊之助の足は速いが、それは預かっているお滝の元気な顔を見たいという思いもあるからだった。

長屋の木戸口が見えたときだった。暗がりから三人の男が目の前に現れ、道を塞いだ。

「菊之助さんよ、また会ったたな」

声をかけてきたのは友蔵一家の谷松だった。弥助と小平次もいっしょだ。

「何だ、おまえたちか……」

「相変わらず舐めた口を利きやがる。まあ、それはいいとして、今日は話をつけたくてな。お前さんの家を訪ねてきたばかりだ。何でも仕事が忙しいらしいじゃねえか。結構なことだ」

菊之助は眉間にしわを刻んで、谷松を見あげた。

「家を訪ねただと……」

「預かっているっていう可愛い娘の顔を拝ませてもらったよ。それからおめえの女房はなかなかいい女じゃねえか」

「何の用だ」

「すっとぼけるんじゃねえよ。おれの腕の怪我と、弥助の痛めた腰のことを忘れたとはいわせねえぜ」

菊之助は無言で谷松をにらみ、隣に立っている弥助にも厳しい視線を向けた。

「……ほんとに、とぼけるつもりじゃねえだろうな」

「とぼけるも何もおまえたちには用はない。どけ」

「おっと、そうはいかねえよ」

谷松が襟をつかんで、引き寄せた。馬鹿力だった。背が高いので、菊之助は爪先立ちになった。

「詫び金はきっちり払ってもらう。それがいやなら女房と、あの娘に何が起こるかわからねえぜ」

「下手な脅しはやめることだ」

「なんだと」

谷松の表情が険しくなった。

「弱い者をいじめたり強請ったりするから、おまえたちはダニだといわれるんだ。博徒を気取っているなら、もっと人のためになることをやってみたらどうだ」

「やい、てめえに説教なんざ垂れられたかねえよ。てめえがいったように喧嘩両成敗だろうが、怪我をさせてそのままってことじゃ道理が通らねえだろう。喧嘩のことはおあいこでも、怪我は別だ。けじめはつけてもらうぜ。それが筋ってもんだろう。違うかい」

「それはおまえたちの勝手ないい分だ。他の者にはそれで通用するかもしれないが、おれはそんな話は受けない」

菊之助は襟をつかんでいる谷松の手をやんわり握り返した。手首のツボを押さえると、たちまち谷松の手から力が抜けた。険悪な形相《ぎょうそう》をしていた谷松は、鈍い痛みに顔をしかめた。

「てめえ、生意気なことを……」

「とにかくおれの前に顔を出すな。おまえたちとは二度と関わりたくない」

「なにをッ」

そばにいた弥助と小平次が同じことを口にして、袖をまくった。谷松もさらに目を険しくしていた。

「譫言《うわごと》なら寝てからいうことだ」

「てめえ、おれたちが友蔵一家の者だと知っていってるのか！」

谷松が怒鳴った。同時に、小平次が匕首を抜いて身構えた。菊之助はその動きを冷え冷えとした目で見て、

「刃物で怖《お》じ気《け》づくおれではない。力ずくでおれから金をせびろうとしても、それは無駄なことだ。去《い》ね」

そういって背を向けた。直後、背後で風が動いた。転瞬《てんしゅん》、菊之助は右に体を動かすなり、突きかかってきた小平次の片腕を左脇で抱えるように押さえると、右手に握られていた匕首をたたき落とした。一瞬のことである。

谷松と弥助はその早業《はやわざ》に驚き、目を剝いていた。

「おまえたちに話はない。帰れ」

菊之助は静かにいって、その場を離れた。このままじゃすまねえぜ、という谷松の声が背後でしたが、菊之助は聞こえないふりをして長屋に入った。

「兄貴、このままでいいんですか？」

菊之助を見送った小平次が振り返っていった。谷松は腹のなかで、ぐつぐつと怒りを煮え立たせていた。

「いいわけねえだろう。あの野郎だけは許せねえ」

谷松は人に恐れられはしても、舐められたことはなかった。何だかことごとくコケにされた気がしてならなかった。自分のことなど歯牙《しが》にもかけない、あの横柄《おうへい》な態度と口ぶり。もはや金より、菊之助を半殺しにしたいという感情のほうが勝っていた。だが、どうにも解せない疑問も胸のうちにあった。谷松はそのことをつぶやいた。

「……何であいつはあんなに強気なんだ？」

弥助と小平次が同時に見た。

「誰か裏についてるのかも……」

弥助が小さな声を漏らした。

「その辺の研ぎ師に誰がついているというんだ」

「さあ、それは……」

「小平次がいうように侍崩れなんじゃないですかねえ。侍言葉を使いやがるし……」

弥助が首をかしげながらいう。

谷松は何も答えずに、人を射殺すような目をしたまま歩きだした。

「金はあとで考える」

「えっ？」と、弥助と小平次が同時に見てきた。二人とも目をぱちくりさせている。

「あいつに舐められたまま引っ込んじゃいられねえ」

「どうするってえんです？」

谷松は歩きつづけた。町屋から聞こえてくる三味線の音も、女たちの色めいた嬌声《きょうせい》も耳には入らなかった。菊之助から端金《はしたがね》を取るより、痛めつけてやれという気持ちがだんだん強くなっていた。憎しみさえ覚えるのだ。

「……小平次、おまえは腕っ節の強い浪人を知っているといったな」

「へえ、狭間平九郎って人です」

「その浪人には会えるか?」

「そりゃ、もちろん」

「たいした金は払えねえが、雇ってみるか……」

「狭間さんに斬らせるつもりですか?」

「脅してもらうだけでいいだろう。斬り合いになったっておれたちの知ったこっちゃない。刀で脅すだけでいいと持ちかけてみるか……」

「脅すだけなら、あっさり引き受けてくれるでしょ」

「……明日にでも会ってみるか」

「菊之助の金はどうするんです?」

聞いたのは弥助だった。

「それはあとの楽しみに取っておく。こうなったらやつを痛めつけねえと、おれの気が収まらねえ」

五

美園屋の主・芳右衛門は、鼻筋の通った銀髪の男だった。反物屋の主らしく小袖も羽織もひと目で安物ではないとわかる。太ってはいないが何ともいえぬ風格があった。

「もう一度最初からでございますか……」

菊之助の申し出に芳右衛門はわずかに目を大きくした。

「とうに話されていることでしょうが、これも下手人を捕まえるためです。ご亭主の金を奪った男は、船頭を殺しているのですからね」

「おっしゃりたいことはよくわかります。わたしも、どんな男なのか知りたいのです。無論、金も取り返さなければなりませんし……」

「それで、盗まれたときはひとりで歩いていたのですね」

「ええ、そうです。掛け取りをして店に戻る途中のことです」

それは上杉《うえすぎ》という旗本の家に掛け取りに行った帰り道のことだった。すでに日は暮れており、あたりは薄暗くなっていたが、提灯は持っていなかった。上杉家で茶をもてなされ、贔屓客である殿様のおしゃべりに付き合ったからであった。それでも星月夜であり、店まではほどない距離だから気にすることはなかった。

それに芳右衛門は半年分の掛け金を払ってもらえたことに安堵《あんど》していたし、新たな注文も受けていたので足取りも軽かった。辻強盗に出くわしたのは、築地川に架かる万年橋《まんねん》を渡り、しばらく行ったところだった。

右には肥後《ひご》国熊本《くまもと》藩細川越中守《ほそかわえっちゅうのかみ》屋敷の長塀がつづいており、左は采女ヶ原《うねめがはら》の馬場で人気《ひとけ》の少ない通りである。馬場には大きな欅《けやき》や椎《しい》の大木が植わっており、黒い影となった男は椎の木の陰から突如現れたのだった。

その男は風のような速さで迫ってきた。芳右衛門が気づいたときには、胸を強く突かれて倒されていた。必死で巾着を守ろうとしたが、男は馬乗りになって、芳右衛門の顎を殴りつけ、手にしていた巾着を強引に奪って逃げたのだ。

「あっという間のことでして、抗《あらが》うこともできませんで……」

「顔は見ていないのですか?」

「それがよく見えなかったのです。ですが、若い男です」

「いくつぐらい?」

「さあ、いくつといわれても二十代だったか……三十代だったか……。何せ顔を見ていないのですから……」

「その男は万年橋のほうに逃げたんですね」

「さようです。一目散に駆けてゆき、見えなくなりました」

「追わなかったのですか？」

「倒されたときに腰を痛めてしまい、追いかけようにも追いかけられなかったんです」

芳右衛門は情けないため息をつく。

「その日休んでいた奉公人はいなかったということですが……」

菊之助は芳右衛門の顔をまっすぐ見て聞く。

「おりません。横山様も店の者についてはしつこくお訊ねになりましたが、まさか身内の仕業とは思えません」

「恨みを買っているようなことは……」

「それもすでに聞かれたことですが、心当たりもありません」

菊之助はさらにいくつかの質問を重ねたが、いずれもすでに秀蔵が聞いていることだった。結局、新たなことは何も聞けなかった。

それでも菊之助はすぐには帰ろうとしなかった。通されているのは奥座敷で、そこには違い棚のある床の間があり、二羽の鶴を描いた水墨《すいぼく》画が掛けられていた。縁側には葦簀がかけてあり、心地よい風が座敷に流れており、庭の鹿威《ししおど》しが、ときどきコンと乾いた音を立てていた。

「どうかされましたか?」

菊之助が黙り込んでいると、芳右衛門は身を乗り出して聞いた。

「……賊はご亭主が掛け取りすることを知っていたはずだと思うんです。そうであれば、「店の奉公人かご家族ということになりますが、疑いのある者はいない。そうですね」

「はあ、さようですが……」

「他に掛け取りのことを知っていたのは、上杉という旗本の家の者……」

「菊さん、それはもう横山の旦那が調べずみです」

横にいる次郎が口を挟んだ。

「……そうだったな。しかし、三十両は大金だ……ふむ」

菊之助は腕を組んで、宙の一点を見据えた。

「もし、知っているとすれば……」

芳右衛門の声で、菊之助は顔を戻した。

「ひょっとすると……」

芳右衛門は何かを思い出した顔になっていた。

「魚屋かもしれない」

「魚屋……」

「ええ、店を出るとき、裏の勝手口に魚屋がやってきて、女房とやり取りをしていたんです。そのときうちの女房が、これから掛け取りですね、気をつけて行ってらっしゃいと声をかけてきたんです」

「その魚屋は？」

「才助《さいすけ》という棒手振《ぼてふり》で、長年うちにやってきている者です。たしか、住まいは松村町《まつむらちょう》の善兵衛店《ぜんべえだな》だったはずです」

菊之助は才助のことを頭にたたき込んで、他に下手人について心当たりはないか、思い出すことはないかと粘ったが、芳右衛門は首を振るだけだった。

美園屋を出た菊之助と次郎は、早速松村町の善兵衛店を訪ねた。紀伊国《きのくに》橋から半町（約五五メートル）と行かない裏店《うらだな》だったが、才助は留守をしていた。同じ長屋の者に才助のことを訊ねたが、変わったことはないと、誰もが口を揃えた。今日も普段通り、朝早くから仕事に出ているというのだ。

善兵衛店を出た菊之助と次郎は、才助を捜すために三十間堀《さんじっけんぼり》沿いの町屋を歩いた。才助の商売の地域が、三十間堀を挟んだ両側の町だとわかったからであるが、いざ捜すとなると骨が折れた。

「横山の旦那は、美園屋の奉公人にもそれとなく探りを入れていますが、疑いのあるような者はいなかったんです」

次郎が歩きながらいう。件の日に芳右衛門が掛け取りをすることを知っていたのは、番頭と二人の手代と芳右衛門の妻女だけだった。秀蔵は番頭と手代が人を使ってやったのではないかと仮定して調べたが、何も出てこなかったという。さらに、上杉家へも調べに行っており、家中の主だった者も調べつくしたが、やはり無駄足だったらしい。

菊之助の考えることを、秀蔵はことごとく先に調べているのだった。

「だが、才助のことはまだ調べていない。そういうことだな」

「さっき初めて、美園屋さんが口にしたことですからね。菊さん、ひょっとするとひょっとするかも……」

次郎は目を輝かせて菊之助を見た。

それから二人は、才助を捜して歩きまわったが、ようやく見つけたのは昼過ぎだった。三原橋に近い三十間堀町五丁目の裏路地にその姿があったのだ。魚を入れた盤台《ばんだい》を置いて、魚を下ろしているところだった。腹掛け半纏に股引、頭に捻《ねじ》り鉢巻きをして、そばに立つ長屋のおかみと軽口をたたいていた。

「才助という魚屋はおまえさんのことかな?」

菊之助が声をかけると、才助がひょいと顔をあげた。

六

「さいですが……魚でしたら活きのいいのがありますよ」

才助は口許に笑みを浮かべた。真っ黒に日焼けした三十過ぎの男だった。

「ちょいと聞きたいことがあるんだ。先に、仕事をやってくれ」

「聞きたいことって何です? はい、おかみさん、これでいいだろう。持っていってくれ」

才助は捌《さば》いた魚をおかみに渡してから立ちあがった。魚を買ったおかみは不思議そうな顔をして、一度振り返ってそのまま自分の家に帰っていった。

「南町の手伝いをしている荒金という。こっちは次郎だ」

菊之助がいうと、才助は顔をこわばらせた。汚れた手を腰の手拭いでぬぐい、

「岡っ引きの旦那ですか……?」

と、まばたきをした。

「ま、そんなもんだ。ところで美園屋は知っているな」

「へえ、それはもう長い付き合いですから」

「あの店の主が辻強盗にあったのは聞いていると思うが、何か心当たりはないか?」

「心当たりですか……」

菊之助はだめだと思った。この男は下手人ではないという直感が働いたのだ。

「いや、そんなこと聞かれてもあっしには……」

「ついでに聞くが、美園屋の主を襲ったかっぱらいは、そのあとで船頭を殺している」

「らしいですね。下手人はまだ捕まらないんで……」

「おまえさんは、あの日、美園屋の主が掛け取りに行くのを知っていたな。主が出かけるときに、おまえさんは店の勝手口で会っている。そうだな」

菊之助は探るような目をして聞く。

「ちょっと待ってください。まさかあっしを疑ってるんじゃないでしょうね。冗談じゃありませんよ。あっしは痩せても枯れても人の物なんか盗みはしませんよ。まして人殺しなんて滅相《めっそう》もない」

才助は不快を露わにし、語気を強めてまくし立てた。

「疑っているんじゃない。美園屋の主を尾《つ》け歩いたような男を見なかっただろうかと思ってな。おまえさんは美園屋を出たあとも、商売をしていたんだろ」

「やっていましたよ」

才助はふくれ面でいう。

「そのときにあやしげな男を見ていないだろうか。どうだ？」

菊之助はかすかな期待をして聞いたのだが、才助は首を横に振っただけだった。

大川の東側にある御船蔵前の安宅《あたけ》の通りには、乾いた土埃《つちぼこり》が風に巻きあげられていた。

茶店の縁台から立ちあがった谷松は、その道からやってくるひとりの男をすがめて見た。

「あの男か？」

谷松が聞くと、小平次がそうですと答えた。

近づいてくる浪人は痩せていた。だが、隙のない鋭い目をしていた。白い井桁《いげた》の着物を着流し、黒帯に大小をぶち込んでいた。小平次が取り次いだ狭間平九郎だった。

狭間は谷松らのそばまでやってくると、口にくわえていた爪楊枝を、ぷっと吹き飛ばした。それからゆっくり三人を眺め、最後に小平次に目を向けた。

「小平次、久しぶりだな。金になる話があるといったが、嘘ではなかろうな」

「嘘など申しませんよ。こちらがあっしの兄貴分の谷松さんで、こっちが弥助さんです。さ、立ち話もなんです。そばでもたぐりながら話しましょう」

小平次は二人の仲間を紹介して、狭間を近くの蕎麦屋に案内した。ちょうど稲荷社の横だった。店に入った四人は一番奥の席に腰を落ち着けた。

せいろを四枚、酒を二合つけた。狭間はいける口らしい。

「早速だが、話を聞こうじゃないか」

小平次の酌を受けた狭間が唇を湿らしていった。

「菊之助という研ぎ師をちょいとばかり脅してほしいんです」

いうのは谷松である。じろっと狭間は谷松をにらむように見た。頰の削《そ》げた顔はよく日に焼けており、眼光の鋭さが際立っていた。

「職人を脅せと申すか……」

「ただの職人じゃないんです。どうも侍崩れのようでして、腕っ節が並みじゃないんです」

「そうなんです、この兄貴を投げ飛ばすほどですから」

谷松は小平次をにらんだ。余計なことをいうんじゃねえと、目で威嚇《いかく》する。

「侍崩れ……剣術の腕はどうなのだ？」

「それはよくわかりませんが、ちょいと脅しをかけてもらえばそれですむことです」

「それだけでよいのか？」

「へえ、おれたちをコケにしやがった生意気な野郎です。とっちめてやらねえと気がすまねえんですよ」

「ふん、友蔵一家の子分ともあろう者が、侍崩れの職人に馬鹿にされたというわけか」

狭間の科白《せりふ》には抵抗を覚えるが、谷松は堪《こら》えて聞き流した。とにかく菊之助にたっぷり脅しをかけてたんまりと金を強請り取り、それこそ尻《けつ》の毛まで抜いてやりたいという思いがあった。

「それでいかようにすればよい」

「おれたちがやつを誘い出しますので、そこで存分にやってください。やつが音《ね》をあげたら、あとはおれたちが袋だたきにします」

「遊びのような仕事だな。それで、金はあるんだろうな」

狭間は品定めするように谷松を見た。

「とりあえず一両。おっしゃるように狭間さんにとっちゃお遊びみたいなものでしょうから……へえ、これを」

谷松は金を差し出した。何としても相談に乗ってもらわなければならない。だが、狭間はすぐには金を受け取ろうとしなかった。

「たった一両でおれを雇おうというのじゃないだろうな」

そら来たと、谷松は胸の内でつぶやいた。浜吉から五両二分一朱ぶんどっているが、二両以上は出したくなかった。弥助と小平次への分け前もあるのだ。

「仕事が終わったらもう一両出します。それで受けてもらえませんか。難しい仕事じゃないはずです。狭間さんにとっちゃ、赤子《あかご》の手を捻るようなものだと思うんです」

狭間は舐めるように酒を飲み、そのまま黙り込んだ。

心配になった谷松は、小平次を見て膝のあたりをつついた。

「狭間さん、つまらねえことでしょうが、ここは気持ちよく引き受けてくれませんか。もっといい金になる仕事はあとでまわすことにしますから……」

小平次が請《こ》うようにいうと、狭間が視線をあげた。

「いい金になる仕事があるのだな」

「へえ、それはもう。ねえ兄貴」

「ああ、ちゃんと考えます。うちの親分も狭間さんのような腕利きをほしがっておりますから、あとで話を通すことにしましょう」

「それは、直截《ちょくせつ》にいえばどんな仕事だ？」

「それはまあ用心棒とか、金の取り立てとか、いろいろあります」

「ふむ、そうか……」

狭間はしばらく考えに耽《ふけ》ってから、谷松に視線を戻した。

「よかろう。侍崩れの職人なんざ、どうってことはない。ただし、終わったところで残りの一両はきっちり払ってもらう。よいな」

「へえ、それはもう」

谷松はほっと胸をなで下ろした。これで何とかあの菊之助の野郎を、ギャフンといわせることができるだろう。

七

菊之助と次郎の聞き込みははかばかしくなかった。

足を棒にして歩いたが、菊之助が考えついたことは、すでに秀蔵が調べを終えていることが多く、新たな手掛かりさえも見つけられずじまいである。

江戸《えど》橋南詰めの茶店の縁台に腰をおろした菊之助は、店仕舞いをする広小路の様子を見るともなしに見て、空をあおいだ。落日が朱や黄色に雲を染めていた。その雲の下を数羽の鳶がゆっくり舞っていた。

「行き当たりばったりの強盗だったのか……。そうだったら下手人捜しは難しいな」

菊之助が独り言のようにいうと、次郎が応じた。

「こんなに手こずるとは思っていませんでしたから、ひょっとするとそうかもしれません」

「しかし、そうでなかったら下手人は美園屋が掛け取りに行ったことを知っていなければならない」

「横山の旦那も同じことをいいます」

「……何か見逃しているのかもしれぬな」

「それは何でしょう?」

次郎が目を輝かせて見てくる。

「それを考えているところだ。おまえも人に頼らずに、自分で考えてくれないか」

「それはもう……」

次郎は決まりの悪い顔をして、茶に口をつけた。それからふと思い出したようにつぶやいた。

「船頭の直七は殺され損みたいなもんですが、何であんなところにいたんでしょうね。客でも降ろしたばかりだったんでしょうか……」

「ふむ、そうだな。あのあたりは武家屋敷が多いから、多分そうかもしれぬ」

直七が殺されたのは、万年橋の近くだった。界隈《かいわい》には大名屋敷や大きな旗本屋敷がある。そんな屋敷に詰めている者たちが舟を使うことは大いに考えられた。

「……次郎、秀蔵の調べが気になる。明日の朝でもいいから、どうなっているか聞いてきてくれないか」

「それじゃ、これからちょっくら会ってきます。何かわかったことがあるようだったら、あとで訪ねますよ」

「そうしてくれ」

菊之助は次郎を見送ってから茶店の縁台を離れ、江戸橋を渡った。家路を急ぐ何人もの職人とすれ違った。いずれも道具箱を抱えた大工だった。

菊之助は橋を渡ってから足を止めた。近くの河岸地に何艘《そう》もの舟が、肩を寄せ合うようにして舫《もや》われていた。魚河岸は閑散としているが、その前を駆け抜けていく子供や風呂敷包みを持った商家の女が歩いていた。

一番星を見あげた菊之助は、定吉はどうしているだろうかと思った。そのうち訪ねてくるだろうと、そのときを待っているのだが、先日自分に打ち明け話をして以来、ぷっつり音信が途絶えている。会いに来てくれれば、定吉は弟を殺していない、まだ生きているといってやれる。それだけでも定吉の心は救われるはずだ。

しかし、その弟の正吉が生きているとしても、父親の定次郎はどうしているのだろうか？

利き腕を定吉に鑿で切りつけられた傷がどの程度だったのかわからないが、たいしたことがなければ仕事をつづけているかもしれない。あるいは、酒で体を悪くして……。

菊之助はその先を考えるのをやめた。とにかく定吉に会ったら、まっさきに弟の正吉は生きているはずだと伝えなければならない。

再び歩きはじめた菊之助は、ひょっとすると定吉が家を訪ねてきたかもしれないと思った。そうであることを心の片隅で願いつつ、お滝の愛らしい顔を瞼の裏に浮かべた。

自宅長屋がもうすぐというとき、

「おい、菊之助」

と、呼び止められた。声のほうを見ると、谷松の子分が二人立っていた。弥助と小平次だ。菊之助はいきおい表情を厳しくした。

「まだ何か用があるのか？」

「大ありさ。兄貴はてめえにコケにされたとお怒りだ」

いったのは弥助だった。肩をゆすって近づいてくる。

「頭に血を上らせるのは、そっちの勝手だ」

「相変わらず減らず口をたたく野郎だ。まあそれはいいとして、ちょいと顔を貸してくれねえか」

「おまえたちに話などない。何度いえばわかるんだ」

「お滝って娘と女房がどうなってもかまわねえっていうのか」

「なに……」

菊之助は眉間にしわを刻んで、弥助をにらんだ。

「話はすぐすむ。ついてきな」

「待て、お滝とお志津に手を出してるんじゃないだろうな」

「へヘッ、心配するな。まだ何もしちゃいねえよ。おめえさんが話に応じてくれなきゃ、どうなるか知らねえけどな」

菊之助は弥助をにらんだまま考えた。こういったあぶれ者にいつまでもつき纏《まと》われては迷惑である。それに、おとなしくしていれば何をしでかすかわからない男たちだ。お滝とお志津に危害を加えないともかぎらない。

「わかった。どこに行けばいい」

「こっちだ。ついてきな」

菊之助は弥助のあとにしたがった。後ろには小平次がついている。おそらく兄貴分の谷松が待っている場所に連れて行くのだろうが、何を企んでいるかわからない。菊之助は警戒した。ひょっとすると、手勢《てぜい》を増やしているかもしれない。こっちは無腰だ。刀を持っていないことを悔やんだが、もうどうすることもできない。

連れていかれたのは、高砂町の隣町になる新和泉町《しんいずみちょう》の空き地だった。昼間は子供たちの遊ぶ広場となっていて、空き地のまわりを低い灌木《かんぼく》が囲んでいた。町屋の家は揃ったように壁を向けているので、多少の声を出しても気づかれない。

暗がりのなかからのっそりと二つの影が現れた。菊之助は薄闇に慣れた目を、その二つの影に向けた。背の高いほうが谷松だとわかる。もうひとりは痩せている男だが、腰に大小を差していた。

「菊之助、てめえはやはり侍崩れらしいな。どうりで態度がでかいと思ったぜ。だが、おれたちを舐めるのも今日までだ。てめえにはたっぷり落とし前をつけてもらわなきゃならねえ。どうも世の中のことがわかっていねえようだからな」

谷松が首の骨をコキコキ鳴らしながら、菊之助のそばまでやって来た。

「あきれたことをいうやつだ。世の中の道理がわかっていないのは、貴様らのほうだ。だが、おれもいつまでもおまえたちに関わりたくない。話があるなら早くやってくれ」

「おう、そうしてやろうじゃねえか。狭間さん、頼みます」

谷松が脇に下がると、狭間といわれた浪人が静かに近づいてきた。

「助っ人を頼んだというわけか」

菊之助はつぶやきながら、狭間という浪人を警戒した。

「強がりをいうのもいまのうちだ。狭間さん、遠慮はいりませんぜ」

谷松の声で、狭間はさらに間合いを詰めてきた。菊之助は狭間の剣呑《けんのん》な目を見た。足さばきに無駄がない。かなりの腕だとわかった。

「こんな下衆《げす》の味方をするとは、おぬしもあきれた男だ」

「何だと……」

狭間はさっと刀の柄《つか》に手を添えた。

「こっちは無腰だ。それなのに刀を抜いて脅すつもりか」

「なるほど、おまえらがいうようにこしゃくな野郎だ」

そういって狭間が半歩足を進めた。菊之助は半歩下がった。

「下衆の助っ人をして何になる」

「しゃらくさい野郎だ。黙りやがれッ」

狭間はそう怒鳴るなり刀を一閃させた。薄闇のなかで引き抜かれた刃が、弱い月明かりを受けて鈍く光った。その刀がビュッと風音を立てながら、菊之助に振り下ろされた。

第五章　探索

一

狭間は勢いよく刀を振り下ろしたが、菊之助はその場を動かなかった。相手に本気で人を斬る剣気がないのを見破っていたのだ。

「人を脅すのが面白いか？　それでおぬしに何の得があるというのだ」

「なに……」

狭間はさっと刀を引いて脇構《わきがま》えになった。

菊之助は落ち着き払って相手を見据えた。

「単に博徒を気取っている下衆に、踊らされているに過ぎないのではないか。無駄に刀は使わないほうがいい。おれはおぬしに恨みも何もない。おぬしとて、同じだろう。くだらぬお遊びはここまでにしてくれ」

狭間がまともな剣客ならわかってくれるはずだった。しかし、それは菊之助の一方的な思い込みでしかなかった。どうしようもない与太者に助を頼まれた男だ。まともなら、端《はな》からこんなことはしないはずだ。

「この場でおれに説教を垂れるとは、ふてぶてしいにもほどがある。おれはそんなやつが嫌いなのだ。どうやら、おれを本気にさせたようだな」

狭間の形相が変わった。さっきまで殺意は感じられなかったが、いまは違う。

菊之助はまずいことになったと、じりじりと後退した。

「相手が無腰でも容赦はせぬ」

狭間は下がる菊之助との間合いを詰めはじめた。この手合いは諭しても無駄なのだと、菊之助はいまさらながら気づいた。このままでは本当に斬られるかもしれない。我知らず、背中に鳥肌が立った。脇の下にも汗がにじんでいる。

逃げなければと思った瞬間、狭間が大きく踏み出して刀を袈裟懸《けさが》けに振ってきた。菊之助は弧を描くように横に動いてかわした。もはや何の言葉も通用しないだろう。菊之助は相手の動きを見切ることに神経を集中させた。

一撃をかわされた狭間は、間髪《かんはつ》を容《い》れず突きを送り込んできた。間合いが遠いので、菊之助には届かなかったが、すかさず刀を横に薙《な》ぎ払った。それは鋭い一刀で、菊之助の着物の袖口を断ち切っていた。

あわや紙一重のところでかわしたのだが、菊之助の頬を脂汗がつたった。一間《けん》(約一・八メートル)、二間と飛ぶように後ろに下がると、動きやすいように尻《しり》端折《ぱしょ》りした。だが狭間は猶予《ゆうよ》を与えずに迫ってきた。刀を上段に振りかぶり、唐《から》竹《たけ》割りに出てきた。

「とりゃッ！」

裂帛《れっぱく》の気合いもろとも、狭間の殺人剣が振り下ろされた。菊之助は横に飛んで転がり、地面を一回転二回転した。その間に小石を手につかんだ。

狭間はつぎの斬撃を送るために青眼《せいがん》に構えた。菊之助が無腰だから余裕を見せるのだ。菊之助もゆっくり立ちあがった。こういったときは無我《むが》の境地で心眼《しんがん》を働かさなければならない。狭間に気取《けど》られないように、ゆっくり呼吸を整えた。

狭間は青眼に構えたまま、静かに間合いを詰めてくる。その口許に人をいたぶる不敵な笑みを浮かべていた。

菊之助は狭間の足の運びと、刀の切っ先、さらに狭間の目の動きを読む。つぎの攻撃を仕掛けられたとき、どう動けばいいか考える。懐に入ることができるだろうか。危険な賭けだが、懐に入れば、菊之助にも勝機はある。

「狭間さん、どうしたんです。早くやっちまってくださいよ。腕の一本も落としてやりゃ、その野郎もおとなしくなるでしょう」

谷松が横からけしかけた。

菊之助はじりじりと間合いを詰めてくる狭間の動きを警戒しつつ、手のなかの小石をつかみなおした。さっと、狭間の利き足が動いた。同時に刀の切っ先が目にも止まらぬ速さで振りあげられた。菊之助は懐に入るきっかけをなくした。だが、真っ直ぐに振り下ろされてくる斬撃を、横に飛ぶことでかわし、同時に手にした小石を投げつけた。

「うッ」

小石は見事、狭間の横面にあたった。

一瞬だったが、狭間に隙ができた。菊之助はその瞬間を見逃さなかった。一足飛びで狭間に接するや、そのまま腰の脇差を引き抜いて下がったのだ。

だが、狭間もただ者ではなかった。菊之助に反撃の隙《すき》を与えずに、撃ちかかってくる。菊之助はその斬撃を奪い取った脇差の棟《むね》で、がっちり受け止めた。

一瞬、夜闇のなかでも赤く血走った狭間の目と、菊之助の目が火花を散らした。

ぱっとどちらからともなく離れると、素早く狭間が撃ち込んできた。菊之助は腰を低く落として、胴を薙ぎにいった。

どすっと、鈍い音がした。

交叉して体を入れ替えた菊之助は、脇差の切っ先を月の浮かぶ空に向けていた。狭間の刀は地面と水平になっていた。谷松らが息を呑んで見ていた。

「……おのれ」

口をゆがめて、狭間がゆっくり振り返った。菊之助はその狭間が動いた気配を察すると同時に、素早く身をこなすや、電光石火《でんこうせっか》の一撃を送り込んだ。狭間は俊敏な動きについていけず、ざっくりと右肩を斬られていた。腱を断ち切ったらしく、狭間はたまらず刀を手から滑らせるように落として、がっくりと片膝をついた。さらに、狭間の帯がはらはらと解《ほど》けた。交叉したとき、菊之助が斬っていたのだ。

菊之助は棒を呑んだような顔で立っている谷松たちに顔を振り向け、三人にゆっくり近づいていった。

「おまえらこれでわかっただろう。今後一切、おれにもおれの家にも近づくな」

脇差の切っ先を谷松の喉に向けると、谷松は棒立ちになったまま顔をのけぞらせた。

「もし、おれの家の近くでおまえたちを見たら、ただではおかぬ」

さっと脇差を振ると、ヒッと、谷松が情けない声を漏らした。

「わかったな」

菊之助が眼光鋭くいうと、谷松らはすっかり怖じ気づいた顔で、首を縦に何度も振った。

菊之助はゆっくり離れると、脇差をそばに放って、狭間を見た。

「おまえたち、傷の手当てをしてやれ。死にはしないだろうが、右腕を使えるようになるまでには半年はかかるだろう」

そのまま背を向けて、菊之助は空き地をあとにした。

二

谷松らに忠告を与えて帰路についた菊之助は、安堵の吐息をついていた。狭間との勝負は、まさに間一髪《かんいっぱつ》であった。運が味方してくれたというしかなかった。

しかし、谷松らがこのままおとなしく引っ込むかどうかは疑問だ。しばらく近づいては来ないだろうが、義侠心《ぎきょうしん》のないやくざはねちっこくてしつこい。それに、お志津とお滝のことを口にしている。どんな災いを振りかけてくるか知れたものではない。そう危惧《きぐ》する菊之助だが、とにかく谷松らとはこれ以上関わりたくなかった。

長屋にはいつもと変わらぬ穏やかさがあった。子供たちのはしゃぎ声と、酔った亭主の声と笑い。どの家も戸を開け放しているので、いろんな声が渾然《こんぜん》一体となっていた。家の前に置かれている鉢植えの陰からは虫の声も湧いていた。

「おじちゃんだ」

戸口に立ったとき、お滝がいち早く菊之助に気づいて駆け寄ってきた。菊之助は思わず頬をゆるめた。

「よい子でいたかい?」

「うん。よい子にしてたよ。おばちゃんが、もうすぐおじちゃんが帰ってくるといってたけど、ほんとにすぐだったわ」

菊之助は無邪気なことをいうお滝の頭を撫でてやった。

「お滝、ご飯ですからお膳につきなさい」

お志津にいわれたお滝は素直に居間に戻った。菊之助が上がり框に座って足を拭いていると、そばにお志津がやってきた。

「いかがでした？」

「秀蔵が手こずっているぐらいだから、簡単にはいかないさ」

「それはそうでしょうね。ところで、妙なことがあったんです」

足を拭き終えた菊之助は、そばに座っているお志津を見た。

「妙なこと……」

「変な男たちがやってきて、菊さんのことやわたしたちのことをあれこれ聞いていったんです。夕方のことですけど、まともな人たちではありませんでした」

菊之助は谷松らに違いないと思った。

「何か悪さでも……」

「いえ、気色《きしょく》の悪い笑みを浮かべながら帰ってゆきましたが……」

「この辺をうろついているという与太者《よたもの》だろう。関わることはない」

菊之助がそういって居間に行こうとすると、お志津が慌てたように、「それから」といって、菊之助の袖をつかんだ。

「浜吉さんがさっき見えてお金を貸してもらえないかと……」

「金を……浜吉が……」

「いつになく深刻な顔でそういうんです。他にはいわないでくれと口止めされましたが、わたしは菊さんに相談してみると、言葉を返すだけにとどめておきました」

菊之助は宙の一点を凝視した。

「生計《たつき》が苦しいのでしょうか……。どうしてお金に困っているか、それは話してもらえなかったのですけれど……」

菊之助はもしやと思った。谷松らは喧嘩の仲裁に入った自分を強請ろうとした。すると浜吉も脅しているのかもしれない。

「お志津、飯はあとでいい。浜吉に会ってくる」

菊之助はそのまま家を出て、浜吉を訪ねた。

夕餉の最中だった浜吉は、戸口に姿を現した菊之助を見ると、

「ちょいと待ってください」

そういって、表に出てきた。菊之助は怪訝な顔を向けてきた女房のおたえに、ちょっと話があるんだと、愛想笑いを浮かべて見せた。

「わたしの家を訪ねてきたそうだな」

菊之助は少し離れたところに浜吉を連れていって振り返った。

「厚かましいとは思いましたが、困ったことがありまして……」

「困ったこととはなんだ？　もしや谷松とかいう与太者に脅されているのではないだろうな」

菊之助の言葉に、浜吉は図星を指された顔をした。

「……やはりそうか。それでいくらせびられている？　じつはわたしにも難癖をつけてきたのだ」

「えっ、菊さんにも……」

「とにかくやつらのいいなりになることはない。まさか金を出したのではないだろうな」

「いえ、それが……」

浜吉は決まり悪そうな顔をしてうつむいた。

「払ったのか……。いくらだ？」

「おれに殴られた小平次って野郎の歯が折れて、顎に罅《ひび》も入ったというんです。いくら喧嘩とはいえ、そんなこといわれりゃ、おれもやり過ぎたと思いまして……」

「それでいくら払った」

「へえ、十両で勘弁してやるっていうから、最初に持ち合わせていた二分一朱を、それからあれこれ工面して五両を……。それで勘弁してもらおうと思ったんですが、やつらはそれはできないというし、払えないならおたえを女郎屋で働かせるというんです。まさかそんなことはさせられないので、残りの金をどうにかしようと思って、それで菊さんの家にも、無理を承知で……」

「わかった」

菊之助は浜吉を遮《さえぎ》ると、険しい顔をして唇を嚙んだ。谷松らをこれ以上のさばらせてはおけない。弱い者につけいって、金を脅し取ろうとする根性が気に食わない。まして、相手の女房や子供をダシにするとは、男の風上にも置けないとんだ与太者だ。卑怯であるし、あまりにも卑劣すぎる。

「浜吉、あとはわたしにまかせておけ」

「まかせるって、どうするんです？」

「考えがある。放っておけば、何の関係もない長屋の連中にも迷惑がかかるかもしれぬ」

「まさか……」

「おまえはおとなしく家にいろ」

菊之助は浜吉を振り払うようにして背を向けた。

「お志津、刀を……」

家に戻るなり、そういいつけた。

「刀？ いかがされたのです？」

「うむ、たいしたことではないが、人に会ってこなければならない。例の下手人捜しをしている手前、用心のために持っていくだけだ」

変に心配されると困るので、菊之助はそういった。

「ずいぶん急ですね」

「遅くはならないだろうが、飯は帰ってからにする。では、行ってくる」

三

高砂町から大名屋敷地を縫うように歩き、新大橋を渡る菊之助はいつになく憤《ふん》怒《ぬ》を滾《たぎ》らせていた。吹きあげてくる川風は、一時に比べるとずいぶん涼しくなっていたが、腹のなかの怒りは冷めることがなかった。

長さ百十六間（約二一一メートル）の新大橋を渡ると、そのまま深川六間堀町

に向かった。同町に一家を構える友蔵の家がわからなかったので、途中の木戸番で訊ねると、

「すぐ先の道を左に入った一軒家がそうです。玄関に一家の提灯がぶら下がっているんで、すぐにわかりますよ」

と、教えてくれた。

そのとおりに行くと、なるほど友蔵の家の玄関には、家紋をあしらった提灯が点されていた。大きな屋敷ではない。おそらく二百坪ほどだろう。飛び石伝《づた》いに歩いて、戸口に立った。戸は開いていたので、そのまま訪《おと》ないの声をかけた。

土間の先が座敷になっており、その奥が居間のようだ。襖《ふすま》が半分開いており、居間の明かりが座敷に伸びていた。

声に気づいた若い衆がやって来て、上がり框の手前で片膝を突いた。目つきが悪く、いかにも生意気そうな顔をしている。

「どちらのお方で？」

若い衆は菊之助を品定めするように見て聞いた。

「研ぎ師をやっている荒金菊之助と申す。夜分に申し訳ないが、他でもない大事な話があるので、親分に取り次いでもらいたい」

「研ぎ師……」

若い衆は眉を動かして、待っていろといって下がったが、すぐに戻ってきた。今度は小柄な男を連れてきた。年の頃は五十前後だろうか、体は小さいが妙な貫禄を備えていた。

その男が、

「おれに話があるそうだが、何だね？」

と、不遜《ふそん》な目を向けてきた。

「身共《みども》は職人に身をやつしてはいるが、これでも武士の端くれ。話とはお手前の子分のことだ。谷松、弥助、小平次という名だ。ご存じないか？」

菊之助は怯むことなく、友蔵を射るように見た。わざと武家言葉を使った。

「……うちの若い衆だ」

「その三人が難癖をつけて、身共から金をせびり取ろうとしている」

「なんだと……」

友蔵は片眉を動かした。

「身共の住まう長屋に浜吉という鳶人足がいるが、その三人とあることで喧嘩をして仲裁に入ったのが身共である」

「話がよく見えねえ。あがってくれ」

友蔵は奥の座敷に菊之助を案内した。さっきの若い衆ともうひとりが、隣の間に控えた。土間には菊之助を警戒しているのか、新たに三人の男が姿を現した。

茶は出す気がなさそうだ。そんなことはかまわないので、菊之助は竈河岸での騒ぎから、浜吉への脅しと、自分に難癖をつけられたことを詳しく話してやった。

町中にしては静かな家で、庭で虫がすだいていた。そよそよと吹き流れてくる風が蚊遣りの煙を散らし、ときどき思い出したように風鈴が鳴っていた。

「なるほど、そういうことかい。だが、あんたから聞いた話を、そのままそっくり鵜呑みにするわけにはいかねえ」

菊之助の話を聞き終えた友蔵はそういって、隣の間に控えているひとりに、

「谷松たちを捜して連れてこい」

と、いいつけた。そのあとで、まあ楽にしてくれといって菊之助を見た。

「あんた、研ぎ師だといったが、侍身分をすっかり捨てたわけじゃねえんだな」

「仕官の口がなければ、身過《みす》ぎを考えねばならぬ。しかたないことよ」

「お侍も大変だとはわかっちゃいるが、あんたはめずらしい人だ」

友蔵が煙管を持って煙草盆《たばこぼん》を引き寄せたとき、親分という声がかかった。戸口

に、さっき別れたばかりの谷松たちの姿があった。三人は菊之助を見て、敵意まじりの目でにらんできた。

「おまえら、あがってこい」

友蔵にいわれた三人が恐る恐るといった体《てい》で、座敷に入ってきて腰をおろした。

「こりゃ、どうしたことで……」

谷松が友蔵と菊之助を交互に見た。

「話は荒金さんから聞いたが、てめえらからも聞かなきゃならねえ。何でも竈河岸で鳶人足と喧嘩をしたらしいが、何でそんなことになった？」

「ちょいと店の女をからかっただけなのに、浜吉って野郎が妙な因縁をつけてきやがったからです」

「因縁ではなかろう」

菊之助は谷松をにらんだ。友蔵が、まあと制して、谷松に話をうながした。菊之助は黙って聞いていたが、谷松は自分たちに都合のよいようにしか話さない。いったん怒りを鎮めていた菊之助は、また腹立たしさを覚えた。

「脅したっていやあ聞こえが悪いですが、あっしらはただ償金《つぐのいきん》を払ってくれといってるだけでして……」

「谷松、おまえは腕を痛めたといったが、その腕で身共の腕をしっかりつかんでいる。さらに弥助、おまえも腰がどうのというが、どう見ても不具合があるようには思えぬ。それから小平次、歯を折ったそうだが、折れた歯を見せてもらおうか。顎に罅も入って物を食うのもしゃべるのにも不自由しているらしいが、おまえはよくしゃべっている。嘘ではなく本当だというなら、これから三人揃って身共の知っている医者に診てもらってもいい。ただし、医者の診立《みた》てと、おまえたちのいったことに違いがあったあかつきには、ただではおかぬ」

手厳しいことをいう菊之助に、谷松らはなにもいい返すことができず、黙り込んだまま視線をそらした。その短い沈黙を破って友蔵が口を開いた。

「谷松、用心棒を雇ったそうだが、なぜそんなことまでしやがった？」

「それは、この野郎があんまり生意気な口を利きやがるんで……」

谷松は菊之助をにらんできた。菊之助も強くにらみ返してやった。

「決着は？」

「へえ、それが……」

谷松は口ごもった。

「やられたのか？」

「情けなくも肩を斬られちまいまして……」

友蔵は小馬鹿にしたように、ふんと鼻を鳴らして、菊之助に顔を戻した。

「それで、あんたはどうなさりたいんで……」

「友蔵親分、あんたも人の子を預かって一家を構えているからには、ひとかどの男だと拝察する。どっちのいい分が正しいか、もうわかっているはずだ。どうしたいかとお訊ねだが、金輪際《こんりんざい》身共らには関わらないでもらいたい。重ねて申したい苦言は他にもあるが、そのことは親分の手前ここまでにしておこう」

菊之助は努めて冷静になって、友蔵を持ちあげながらいった。友蔵はくゆらしていた煙管の灰を落とし、険しい目つきで見てきた。菊之助は言葉を足した。

「これ以上迷惑をかけるようなことがあれば、ただ指をくわえて引っ込んでいるわけにはいかぬ」

「荒金さん、ずいぶん強気に出るじゃないですか」

菊之助は目に力を入れた。

「職人になってはいるが、身共には南番所に従兄弟がいる。臨時廻り同心の横山という者だ。身共はときにそやつに頼まれて助働きもする。いざとなれば、八丁堀同心を動かすこともできる。嘘やはったりを申しているのではない。それに、浜吉もこのままでは身がもたないので、谷松らが執拗《しつよう》に金をせびってくれば、は組の頭に相談するともいっている。そうなれば、どうなるか考えるまでもなかろう」

友蔵の顔色が変わった。菊之助はたたみ込むようにつづけた。

「友蔵親分、嘘ではない。下手をすれば、八丁堀同心二百五十人と、は組にいる火消しの鳶人足百三十人を相手にすることになる」

菊之助はじっと友蔵を見つめた。座敷を照らしている燭台の炎が揺れ、ジジッと芯が音を立てた。友蔵は視線を彷徨《さまよ》わせた。明らかに動揺しているのがわかった。

「おまえら……」

友蔵は菊之助ではなく、谷松たちをにらんだ。

「下手なことをしやがったな。相手を見る見ないってことじゃねえ。くだらねえ喧嘩をして、ケチな強請《ゆすり》をしやがるとは、おれの顔に泥を塗ったようなもんだ。荒金さんがこうやって親切に来て話をしてくださらなかったら、どんな始末になったかわからねえ。そういうことをてめえら考えたことがあるのか」

怒気《どき》を含んだ友蔵に、谷松らは小さくなってうなだれた。

「荒金さん、わかりやした。こいつらにはよくいい聞かせておきやしょう。浜吉という鳶人足にも安心するようにいってください。それから、おい谷松」

「ヘッ」

厳しい口調で名を呼ばれた谷松が、ビクッと顔をあげた。

「浜吉という鳶から巻きあげた金を出しな」

「いや、それはよい」

菊之助が手をあげて制した。

「身共にも浜吉にもまったく非がなかったとはいえぬ。この一件はこれで丸く収めてもらうということで、浜吉の払った金は手打ち金と考えて、そのままましまっておいてくれ」

友蔵が感心したような顔で菊之助を見た。

「おい、荒金さんは男じゃねえか。てめえらもその心意気を見習うんだ。それじゃ、荒金さん、本当にそれでよろしいんで……」

友蔵は子分らにいったあとで、菊之助に媚びるような目を向けた。当初の威勢は影をひそめ、いまやすっかり菊之助が優位に立っていた。

「かまわぬ。これで何もなかったということで手打ちだ」

「心得ました」

菊之助が腰をあげると、友蔵が声を張った。

「みなの衆、荒金さんをお送りするんだ!」

四

美園屋の主から三十両を奪い取り、お滝の父・直七を殺した下手人の探索は、いっこうに進んでいなかった。七月に入ると、夏の暑さが急にやわらぎ、日増しにひぐらしの声が高まっていた。朝夕は肌寒さを感じることもあり、蚊帳を吊る必要もなくなった。

西紺屋町《にしこんやちょう》の汁粉《しるこ》屋の縁台で菊之助は茶を飲んでいた。目の前の堀は燦々《さんさん》と降り注ぐ朝日に照り映えていた。曲輪《くるわ》にめぐらされた堀は鏡面のように穏やかである。その堀の向こうに、南町奉行所がある。非番月なので表門は閉じられていた。もっとも脇の潜り戸は開いており、突棒《つくぼう》を持った番人が立っていた。

非番月だからといっても町奉行所は休みではない。この月は前月にあった未整理の訴訟や刑事事件の処理に当てられる。

内役と呼ばれる事務方も出仕していれば、秀蔵のような外役も奉行所に詰めることがある。非番というのは、二日勤めて一日休みのことをいう。だが、秀蔵のように事件を抱えていれば、その休みも取れない。

　菊之助はそんな秀蔵を待っているのだった。過去の似たようなひったくり事件を調べるので、秀蔵に待っていてくれといわれていたのである。

　菊之助は、今日は腰に愛刀の藤源次助眞を差していた。先日、谷松が雇った狭間という浪人に危うく斬られそうになったという教訓もあるが、やはり捜している相手が人殺しということが大きかった。

　小半刻《こはんとき》（約三十分）ほど待った頃、小者の寛二郎を従えた秀蔵が、潜り戸を抜けてくるのが見えた。そのまま足早に数寄屋《すきや》橋を渡って、菊之助の待つ汁粉屋にやってきた。

「おかみ、汁粉をひとつ頼む」

　秀蔵は挨拶より先に、好物の汁粉を注文して菊之助の隣に腰掛けた。秀蔵は酒もたしなむが、大の甘党である。

「それで何かわかったか？」

「三人ほどめぼしいやつがいた。蓋《ふた》を開けてみねえとわからねえが、罪人てえやつは同じことを繰り返すことが多い。ひょっとすると、そのなかにいるかもしれぬ」

秀蔵はそういって、懐から一枚の書き付けを取り出した。

町奉行所には過去の犯罪者の記録が残されている。秀蔵は見習いの与力同心を使って十数人を列挙させたらしい。それをもとに絞り込んだのが、菊之助が渡された書き付けにある者たちだった。

一、眉なしの七蔵《しちぞう》
一、布引《ぬのびき》の駒助《こますけ》
一、音羽《おとわ》の助次郎《すけじろう》

「眉なしの七蔵は、かっぱらい専門だ。一度しか捕まってねえが、ほうぼうで同じことをやっているのはわかっている。布引の駒助は、女とつるんで辻強盗をやっていたが、いまは独り働きだという。最後の音羽の助次郎は、先々月、目こぼしを受けたばかりだ」

秀蔵は汁粉をうまそうにすすりながら説明した。

「なぜ目こぼしを?」

「盗み金が少なかったからってわけだ。当人もすっかり反省の色を示したのでな。被害が少ないと、盗まれたほうも強くいわないし、番所もけちくさいかっぱらいに関わってちゃ、他のことができねえ」

「この三人、殺しはやっていないのだな」

「やってたら生きちゃいないさ。三人とも牢屋敷の臭い飯を食っちゃいるが、放免されている。その後はなりを潜めているが……」

「三人の居所は?」

「大方わかっているが、いるかどうかはわからねえ。手分けしてあたっていくしかない」

「この三人だけでいいのか?」

「こいつらじゃなかったら、もう一度洗い直してみる」

秀蔵は書き付けを指ではじいて、丁寧に折りたたんだ。

「それからもう一度、上杉家に聞き込みをかけてみた。相手が旗本だから難渋《なんじゅう》したが、上杉家にあやしい者はいない。絶対とはいわねえが、まあこっちはしばらく忘れていいだろう。すると残りは美園屋ということになる」

「誰かあやしい者が……」

秀蔵はいいやと首を振って茶に口をつけた。

「美園屋芳右衛門があの日、掛け取りに行くのを知っていたのは、女房と番頭、それから二人の手代だ。その四人のことはよくよく調べたが、下手人とはほど遠い。だが、その四人の知り合い、もしくは仲のいいやつらの仕業と考えることもできた。それも調べつくしたが、誰もあやしい者は出てこない。おまえは才助という魚屋に気づいたようだが、そいつの仕業でもなかった。そうだな」

「うむ」

「そこでもう一度、美園屋に聞き込みをかけてみた。芳右衛門は被害にあったのは自分なのにと、しつこく聞かれるのにほとほと嫌気がさしていたが、あの日の掛け取りについて娘が知っていたかもしれないと漏らした」

「それで……」

菊之助は茶を置いて、秀蔵のつぎの言葉を待った。

「娘は二人いる。遅く出来た子なので、二人ともまだ若い。二十歳と十八だ。この二人、聞いてみりゃちゃんと知ってやがった。それで上杉家への掛け取りのことを他に漏らしてないかと聞いてみると、お園《その》という十八の娘がしゃべっていた」

「相手は……」

「お園と幼馴染みのおみつという女だ。庄助《しようすけ》という左官の亭主がいるが、おみつは掛け取りのことなど右の耳から左の耳に聞き流したといった。引っかかりを覚えたが、あては外れてしまった」

「それじゃ、手掛かりは消えてしまったということか……」

「早い話がそういうことだ。だからといってあきらめるわけにはいかねえ。最後の頼みがこれなんだが……はたしてどうなることやら……」

秀蔵は短く嘆息《たんそく》した。その顔にはいつにない疲れがにじんでいた。

「誰をあたればいい？」

菊之助は聞いた。

「眉なしの七蔵をあたってくれ。他の二人はおれのほうでやる。七蔵の住まいは浅草福井町《ふくいちよう》一丁目にある。平右衛門店《へいえもんだな》という長屋だ。ただし、二年前のことだから、いまは越しているかもしれぬ」

「福井町の平右衛門店だな」

「おっつけ次郎を走らせることにする」

秀蔵はそういうなり立ちあがり、

「女将、勘定はここに置いておく」

金を置いて寛二郎をうながしたが、すぐに振り返った。

「お滝はどうしてる？」

「すっかりうちの子みたいになっている。その後、親戚の者はどうなっているのだ？」

「沙汰はしてある。悪いが、もう少し面倒を見てくれ」

「わかった」

答えた菊之助に、秀蔵はさっと背を向けて歩き去っていった。

五

秀蔵と別れた菊之助はその足で、七蔵の住まいである浅草福井町に向かった。西紺屋町からだと最短でも一里（約四キロ）はある。急ぐに越したことはないだろうが、菊之助は物思いに耽《ふけ》りながら歩いた。

お滝の引き取り手も気になっているが、定吉のことが頭の隅から離れない。会いに来れば、弟の正吉が生きているかもしれない、少なくとも十年前には死んでいないと伝えてやれるのだが……。

ひょっとすると、親類縁者を訪ねて、すでに定次郎を捜しあてているかもしれない。親に会えたらちゃんと伝えに来るといったが、その約束を忘れているということもある。気にしてもしかたないことだと思うが、気になるのだ。

日本橋から魚河岸、大伝馬町と抜けて、近道をした。途中の通旅籠町で、道の補修が行われていた。人足らの羽織っている半纏で、は組だとわかった。菊之助は一度立ち止まって浜吉の姿を捜したが、見つからなかった。

友蔵一家を訪ねたあとで、菊之助は浜吉に会っていた。

「話はついた。もうやつらは、二度とおまえの前にやってくることはないだろう」

「ほんとですか?」

「友蔵という親分と話をしてきた。曲がりなりにも一家を構える渡世人《とせいにん》だ。約束は守ってくれるはずだ」

「どうやって、そんな話を……」

浜吉は信じられないという顔をした。

「こっちに間違いのないことを、筋を通して話しただけだ。話のわかる男でよかった。それからこれはおまえが巻きあげられた金だ。返してもらった」

「金まで……」

浜吉は渡された金を掌にのせて、また信じられないというように目を瞠った。その金は菊之助の小遣いから出したものだった。もっとも、そのことを浜吉に伝える必要はなかった。

「菊さんには何と礼をいっていいか、お礼のいいようもありません。ほんとに申しわけありませんでした」

浜吉は思わぬことに感激して涙ぐんだ。

「水臭いことはいいっこなしだ。同じ長屋に住むもの同士。助け合うのは当然だ」

「すいません。それで菊さん、おれの気持ちだけでも受け取ってもらえませんか」

浜吉は二両を差し出した。

「もともとそれはおまえの金だ。わたしがもらうわけにはいかぬ。それにおまえには、お夕という可愛い娘がいる。たまにはうまいものでも食わせてやれ」

菊之助が微笑んでいってやると、浜吉はぐすっと鼻を鳴らして、目に涙を浮かべ何度も頭を下げた。

身銭を切る羽目になったことはともかく、谷松らとの関係を絶つことができたことに、菊之助は安堵しているのだった。

「おい、こっちの砂利《じゃり》が足りねえぞ」

作業をしている人足の声で我に返った菊之助は、そのまま浅草をめざした。

「菊さん」

声をかけられたのは通旅籠町の先で、脇道から浜吉が出てきたところだった。股引半纏のなりで、砂利を入れたもっこを担いでいた。汗で光る顔に笑みを浮かべていた。

「ここで仕事をしていたのか。いや、は組の者たちだなとは思っていたんだが」

「しばらく、この通りの普請なんです。まあ今日明日には終わると思いますが、どこへ行くんです？」

「浅草だ。野暮用があってな」

「そうですか。お気をつけて行ってらっしゃいまし」

「うむ、それじゃまた」

偶然会った浜吉と別れた菊之助が、眉なしの七蔵という男の住まう長屋に着いたのは、昼前のことだった。しかし、その長屋に七蔵は住んでいなかった。大家を訪ねて引っ越し先を聞くと、神田明神下《かんだみょうじんした》だという。詳しい場所を聞いて、そちらへまわった。

七蔵の家は神田明神の崖下にある、日当たりの悪い長屋だった。路地の真ん中を走るどぶから異臭が漂っており、厠の臭いもきつかった。長屋自体が古びており、少し大きな地震が来ればあっという間に倒れそうな危うさがあった。建物の板戸や柱は傷《いた》みが激しく、湿気を含んで腐った柱になめくじが這っていた。

木戸番に七蔵の家を聞くとすぐにわかったが、留守だった。ためしに戸に手をかけると、あっさり横に動いた。外と同じく家のなかもじめじめしていた。独り者らしく、物が少なかった。部屋のなかに渡した紐《ひも》に、褌《ふんどし》と手拭いが干してあった。

近くのおかみが路地に現れたので、七蔵のことを聞くと、

「あんた、あの人の仲間かい？」

と、胡散《うさん》臭そうな目を向けてきた。

「いや、そうではない。あることを聞きに来ただけだ。あやしい者ではない」

「あの人にはあんまり関わらないほうがいいよ」

おかみが七蔵を煙たがっているのは明らかだった。

「どういうことだ？」

「仲間を呼んで博奕はやるわ、酒を飲んで喧嘩はするわ、ちょっと気に入らないことがあると、難癖をつけて怒鳴り込んでくるし、早くどっかに越してくれないかと思っているぐらいだよ。まったくあんな男がいるばっかりに……」

おかみは辟易《へきえき》した顔でため息をつく。

「留守のようだが、どこにいるかわからないか？」

「〈すだち屋〉という飲み屋だろうよ。ろくに仕事もせずに、のらくらしていいご身分だよ」

「その店はどこにある？」

「表通りに出て、北のほうへ歩いていきゃすぐわかるよ。朝から酒を飲ませる小さな店で、破れ提灯がぶら下がっているから……」

「そうか、すまぬな」

おかみはぶつぶつ独り言をいって井戸のほうに歩いていった。相手が侍だろうが誰だろうが、遠慮なく話す女だった。たまにそういう磊落《らいらく》なおかみが町屋にはいる。

すだち屋という店はすぐにわかった。なるほど小さな店で、入口の脇に破れて煤《すす》けた汚い提灯がぶら下がっていた。暖簾は色あせ、汗のしみのような垢《あか》がついている。

土間に入ると、奥の入れ込みで三人の男たちが酒を飲んでいた。菊之助を一斉に見て、すぐ自分たちの盃を手にした。奥から年寄りの女が出てきて、酒ですかと聞く。

菊之助はそれには答えずに、

「ここに七蔵という男が来ていないか？」

そう聞いたのと同時だった。奥の三人が警戒するように見てきた。さらに、ひとりが慌てたように立ちあがった。その男の眉は剃られたように薄かった。

「逃げたがいいようだぜ」

仲間のひとりがつぶやくようにいうと、立ちあがっていた男が草履を突っかけるなり、店の奥へ脱兎《だつと》のごとく駆けていった。眉なしの七蔵に違いない。

「待て、待つんだ！」

菊之助は前に立つ店の女を押しのけて、七蔵を追いかけた。

六

店の裏に飛び出した七蔵は、右の路地に逃げていた。狭い路地には洗濯物が干してあったり、戸口の脇に薪束《まきたば》が置かれていた。七蔵はその洗濯物を引き剝ぎ、薪束を崩して菊之助の追跡を妨害した。だが、それは気休めでしかなかった。七蔵は表通りに出ると、もうそこで息があがったらしく、明らかに逃げ足を鈍《にぶ》らせていた。突っかけた草履《ぞうり》はいつの間にか脱げたらしく、逃げる白い足裏が見える。しかし、それも土道で汚れるとすぐに黒くなった。

しばらく行くと茶屋の並ぶ通りに入った。その先は神田明神に上る階段だ。七蔵は息を喘《あえ》がせながら、何度も振り返った。もう菊之助との距離はなかった。

「なぜ、逃げる」

菊之助は七蔵の後ろ襟をつかむと、そのまま引き倒した。倒れた七蔵は、それでも横に転がって逃げようとする。取り押さえようとする菊之助の手を払いのけ、ペッペッとつばを吐きかけてもくる。

「やめぬかッ」

片腕を捩りあげて、後ろ襟を押さえると、やっと七蔵はおとなしくなった。

「眉なしの七蔵とはおまえだな」

「おれは何もやっちゃいないよ。放してくれ」

「何もやっていないのに、なぜ逃げる？　とにかく立て」

菊之助は七蔵を引き起こすようにして立たせた。狭い通りに立つ大勢の男女が、好奇心にかられて、二人を見ていた。菊之助はその視線を避けるように、七蔵を脇の路地に連れ込んだ。

「なぜ、逃げた」

菊之助は七蔵の顔をまじまじと見た。眉なしといわれるように、本当に眉の薄い男だった。その眉の下には三白眼《さんぱくがん》があった。白目は黄色く濁っていた。酒臭い息が吐かれるので、菊之助は鼻の頭に小じわを寄せた。

「あんた誰だよ？」

「南御番所の息がかりだ。荒金という」

七蔵は薄い眉を下げて、菊之助を探るように見、侍の手先がいるのかとつぶやき、

「てっきり島本《しまもと》という浪人の仲間だと思ったんだよ」

と、乱れた襟を正した。

「島本……」

「この前、酒のうえで喧嘩になって、島本って浪人を痛めつけたんだ。竹光《たけみつ》しか差せない貧乏浪人で、からきし腕のないやつだった。そんなことがあったんで、仲間が仕返しに来たんじゃねえかと思ったんだ」

「……そうか。ところで聞くが、おまえは木挽町の美園屋を知っていないか？」

菊之助は七蔵の目を凝視した。

「木挽町の美園屋……。飲み屋かい？」

嘘をいっている目ではなかった。七蔵はつづけた。

「木挽町なんてここ半年は行ってないよ。そもそもあっちに用はないしな。いったいどういうことだい？」

「殺しがあったので調べているのだ」

「殺し……冗談じゃない。殺しなんてとんでもねえ、おりゃあ、そんなことするわけがねえ」

菊之助は念のために、事件の起きた日にどこで何をやっていたか聞いたが、七蔵はそんな前のことは覚えていないが、日本橋から先にはここ半年行っていないという。

「それを証《あか》してくれる者がいるか」

「何だ、おれを疑《うたぐ》っているのかい」

「念のためだ」

七蔵は視線を彷徨《さまよ》わせてから菊之助に顔を戻した。

「さっきの店にいた仲間なら、おれのことをよく知っているから……」

「それじゃ戻るか」

菊之助は七蔵を連れて、すだち屋に戻った。

結果はあっけなかった。七蔵の仲間のひとりが、

「こいつは神田川だって、三月は渡ってません。嘘じゃないです」

といえば、もうひとりも、

「おれたちが行くとすれば、上野《うえの》か浅草界隈です。何もなきゃ、いつもここにしけ込んでいるだけです」

という。横柄《おうへい》な口を利く七蔵と違い、二人はへりくだったものいいをした。菊之助が店の女将と主を見ると、嘘ではありませんよという顔をする。

それに七蔵は三十両という大金を手にした男には、とても見えなかった。七蔵のような男が大金を持てば、もっと派手な金の使い方をするはずだ。しかし、七蔵は接《つ》ぎのあてられた安っぽい古着姿だし、金もありそうには見えなかった。七蔵の家を見ただけでも、それはわかった。

次郎と出会ったのは、神田明神をあとにしているときだった。たったいま七蔵の家に行ってきたところだと次郎はいった。

「やつは違うよ」

菊之助はそういって、さっきの経緯を話した。

「それじゃ、ひとり消えたってことですね」

「……頼みは秀蔵の調べだが、残る二人も違うかもしれぬ」

菊之助は通りの先に視線を飛ばして、小さな吐息をついた。

次郎と肩を並べて歩いたが、とくにやることはなかった。手許に手掛かりでもあれば別なのだが、いまは秀蔵の調べの結果を待つだけである。

菊之助が足を止めたのは、竜閑川《りゅうかんがわ》に架かる今川橋《いまがわ》を渡ってすぐのところだった。

「次郎、おれは一度家に帰る。七蔵のことはおまえから秀蔵に話しておいてくれないか。何か急ぎの用事があれば、家か仕事場のほうに来てくれ」

「わかりました」

次郎と別れた菊之助は、自宅までの近道を辿った。空には夏の入道雲が浮かんでいたが、暑さはかなりやわらいでいる。夏の盛りに町を歩けば、必ずといっていいほど冷や水売りに出くわしたが、その姿もめっきり減っていた。

歩きながら下手人のことを考えたが、あまりにも手掛かりが少なすぎる。目撃した者もいなければ、下手人の足跡も何も残っていないのだ。せめて、直七が殺されずに生きていたら、もっと早く解決していただろうが、それを考えても詮無《せんな》いことだった。

堀留町《ほりどめちょう》まで来たとき、ふと備後屋のことを思い出した。少し遠回りになるが寄り道することにした。ひょっとすると、その後、定吉が訪ねてきているかもしれない。

「また、そのことですか……」

菊之助の問いかけに応ずる備後屋の主・喜兵衛は、途中で言葉を切った。

「あんた、職人じゃなかったんですか……」

と目を丸くする。刀を差した菊之助に気づいたからだ。

「普段は研ぎ仕事をやっていますが、もとは侍なんです。ときどき、昔が懐かしくて気まぐれにこんな恰好をするだけですよ」

菊之助は相手を安心させるような笑みを浮かべた。

「そうだったんですか。それにしてもなぜ、そんなに定次郎のことを知りたがるんです？」

「この前もいったように、いま住んでいる家にいた人だからですよ。ところで、その定次郎さんの倅がこっちを訪ねてきたなんてことはありませんか？」

「いやあ、ないですね」

仕事の途中だった喜兵衛は、畳針をそばの畳に突き刺して汗をぬぐった。

「それじゃ、定次郎さんの親戚とか仲のよかった人を知りませんか？」

喜兵衛は掌を横に数回振った。

「だめだめ、あいつはたしかに腕のいい職人でしたが、人付き合いが下手で、それに親戚連中ともうまくいっていないようでしたから、何も知らないでしょう」

「仲のよかった者とか……」

「飲み屋にはいたかもしれませんが、聞いたことはありません」

もし、定次郎を捜すとなれば難渋しそうだ。菊之助は仕事の邪魔をしたことを詫びて、源助店に帰った。住居ではなく、仕事場のほうである。自分の居場所である蒲の敷物にどっかり座って、手許にあった包丁をつかんだ。そのとき、わあわあ泣きながら路地を駆け去っていった子供がいた。

「……お滝」

尻を浮かした菊之助が急いで戸口に出たときは、もうお滝の姿はなかった。

七

お滝の姿は見えなくなっていたが、激しい泣き声は聞こえていた。菊之助は声のするほうに足を向けた。お滝は家の前で、お志津の胸に顔をうずめて泣いていた。

「どうしたの？　何があったの？」

お志津がお滝の背中をやさしくたたいて宥《なだ》めていた。大泣きが、しくしく泣きに変わった。それから、お志津の胸からそっと顔を離して、

「もらわれっ子といわれたの。あたしのことをみんなが……」

お滝はぐすっと洟《はな》を垂らして、べそをかいた。

「誰がそんなことを……」

お志津が菊之助を見て、困惑の表情を浮かべた。

「みんながあたしをもらわれっ子だって……おばちゃん、おとうに会いたいよ。おとうのところに行きたいよ。おばちゃん、おばちゃん……」

お滝はまたお志津の胸で泣きだした。

菊之助は切ないため息をついて空をあおいだ。お滝は父親が死んだことは知っている。だが、まだそれを現実として受け入れることができないのかもしれない。平素は朗《ほが》らかに振る舞っているが、いまだ心の底には悲しみが沈んでいるのだろう。

「もらわれっ子」といった子供たちは、単にからかっただけだろうが、幼いお滝の心は傷ついてしまったのだ。

お志津に宥められて、ようやくお滝は泣きやんだが、その日は家を出ようとしなかった。縁側で淋しそうにおはじきをして遊んでいた。

菊之助は日が暮れるまで、仕事場にこもって次郎からの吉報を待っていたが、その気配はなかった。お陰で急ぐ必要のない包丁を研ぎ終えていた。

夕闇の漂う長屋の路地に、赤とんぼが舞い、夕餉の支度をする煙がうっすらとかかりはじめた。そんなとき、ひょっこり顔を出したのが、浜吉だった。

三和土に入ってくると、捩り鉢巻きをさっと外して、

「この度《たび》はいろいろとお世話になりました」

と、深々と頭を下げた。

「そんな、あらたまることはない」

「いえ、菊さんにいらぬ面倒をかけさせちまって、このままじゃおれの気がすみません。そうはいってもたいしたお礼はできませんが、どうか受け取ってください」

浜吉は提《さ》げていた角樽《つのだる》を仕事場の縁に置いた。

「ほんの気持ちです。新川《しんかわ》から仕入れてきたものですから、きっと口に合うと思うんです」

「そんな高直《こうじき》な酒を……いいのか？」

「いいもなにも、おれにできるのはこれぐらいですから……」

浜吉はへへっと笑って、人差し指で鼻の下をこすった。

「それじゃ、素直にもらっておこう。おまえの気持ちを無駄にしては悪いからな」

「へえ、あの道はもう片がつきまして、しばらくは町の掃除です。この時分は火事が少ないから楽な仕事です」

「……仕事のほうは終わったのか？」

「そうしてください」

それからしばらく世間話をして浜吉は帰っていった。

菊之助も簡単に仕事場を片づけると、もらった角樽を提《さ》げて家に戻った。昼間泣き叫んでいたお滝は、すっかり機嫌を直していた。お志津が誂《あつら》えてやった浴衣を着て、嬉しそうに菊之助に見せびらかしもした。

「秀蔵さんのほうの仕事はどうなんですか？」

居間に腰を据えた菊之助に、酒を運んできたお志津が訊ねた。

「なかなかうまくいかないな。ひょっとすると捕まらないかもしれぬ」

それは本心だった。もっとも、そうなってほしくはないが……。

「捕まらなかったら困ります。お滝のこともありますけど、ひどいことをする悪人がのさばっていては安心して暮らせませんからね」

「そのために御番所があるんだ」

「それはそうですけど……」

お志津は台所に戻って大根と鯖《さば》の煮付けを持ってきた。

「今日、備後屋に寄ってきたが、例の定吉という大工の親のことはわからないな」

菊之助はそういって、備後屋喜兵衛とのやり取りをざっと話してやった。

「それじゃ捜しようがありませんね」

「定吉には心当たりがあるのかもしれないが……いったいどうしているのやら……」

「もう一度来てくれれば、弟さんのことを話してあげられるのに」

「そうなのだ。あの男、相当悩み苦しんでいたようだから、弟が生きているとわかっただけでも、救われると思うのだがな」

「お滝、そろそろご飯にしましょう。こっちにいらっしゃい」

奥の間で遊んでいたお滝をお志津が呼んだ。

「菊さん、もう一本つけますか？」

「そうだな、浜吉からもらった酒があるから早速飲んでみるか」

菊之助が角樽を引き寄せたとき、腰をあげかけたお志津が戸口のほうを見て、

「菊さん」といって顔を戻した。

菊之助が戸口を見ると、ひとりの男が立っていた。
定吉だった。

第六章　迷走

一

「夜分に申しわけありません」

ぺこりと頭を下げた定吉に菊之助は、「さあ、こっちに来てあがれ」と勧めた。

定吉は恐縮しながら居間にあがってきて、お志津に夜分の訪ないを詫び、お滝を見てから菊之助に顔を向けた。

「親方からやっと休みをもらうことができまして、その足でやって来たんです」

「いつ来るのかと待っていたのだ。じつは伝えたいことがある。正吉という弟さんのことだが、死んではいないぞ」

「えっ」

定吉は驚いたように目を瞠《みは》った。

「信用のある御番所の者に調べてもらったのだ。それによると、十年前の八月に新大橋のあたりで水死体があがったことなどなかったという。それに、水の流れの関係で海に流されることもないらしい。つまり、おまえさんの弟は死んじゃいない」

「……ほ、本当ですか？」

「生きていると思っていいだろう」

定吉はほっと大きな吐息をついた。お志津が茶を差し出して、

「会えればいいですね」

と言葉を添えた。

「約束を破って申し訳ないが、このことを知っているのはわたしと妻だけだ」

菊之助がいうのへ、

「はっきりするまで人には決して漏らしたりしませんから」

と、お志津は定吉を見つめた。

「とにかく弟は生きていると考えていいだろう。ひょっとすると、親父さんと一緒に住んでいるかもしれない」

「そうだったのですか……いや、それを聞いて胸につかえていたものがひとつ取れた気がします」

「それでどうやって二人を捜すつもりなんだ？」

「そのことをずっと考えていたんです。親戚の人たちはうちとは疎遠《そえん》だったので、まさか親父が親戚を頼ったなんて考えられません」

「おふくろさんのほうはどうだ？」

「親父はおふくろの親兄弟から白い目で見られている人間でしたから、それもないでしょう」

「それじゃ、どうやって捜すというのだ。亀蔵爺さんにもおまえさんの家のことは聞いたが、おふくろさんが死んだ明くる日に姿が見えなくなっただけで、何もわからないといっていた。親父さんが世話になっていた畳屋にも聞いてみたが、やはり同じだった」

「備後屋に行かれたのですか？」

「心配するな。おまえさんのことは何も話していない。……しかし、困ったな。何か捜す手掛かりでもあればよいのだが……」

「そうなんです」

定吉はそういってうなだれた。

「何を捜しているの?」

三人のやり取りを聞くともなしに聞いていたお滝が、くりっとした目を菊之助たちに向けた。

「おじちゃんたちの大事なお話よ。さあ、ご飯を食べたら向こうの部屋で遊んでらっしゃい」

お志津にいわれたお滝は、うんと素直にうなずき、ご馳走様でしたと手を合わせ、おはじきを持って隣の部屋に移った。

「親父さんと仲のよかった人を知らないか?」

菊之助の質問に、青い棒縞の単衣《ひとえ》に紺献上《こんけんじょう》の角帯《かくおび》をきつく締めた定吉は、きちんと正座したまま、しばらく考え込んでいた。

「……親父が親身になってもらっていたのは、備後屋の親方ぐらいです。親父は人付き合いがへたというより嫌いな人間でしたから、親しい人はいなかったように思います」

「親しくしていた職人仲間ぐらいいただろう」

「いたかもしれませんが、気にかけていませんでしたから……」

「ふむ、弱ったな」

「それでお休みはどのくらい取れるの？」

お志津が聞いた。

「親方に無理をいって三日だけもらっています」

「三日……」

菊之助がつぶやいた。

「へえ。……もし、今度の休みで見つからなきゃ、次の休みを使って捜そうと思います」

「これも何かの縁だ。わたしらに手伝えることがあれば、遠慮なくいうがいい」

「ありがとうございます。その気持ちだけでも嬉しゅうございます」

「それで、なぜ十年もたって親父さんを捜そうと思ったのだ。何かそれには、きっかけがあるだろう」

定吉は逡巡《しゅんじゅん》してから顔をあげた。

「先日、所帯を持つことになっていると話しましたね。相手はお仙という料理屋の娘で、それは明るくて裏表のない女です。しかし、あっしはじつの弟を殺したかもしれない男です。そのことは自分の胸のなかにしまいつづけていることもできるでしょうが、死ぬまでお仙に嘘をつき通さなければなりません。いっしょになっても、あっしはこれまでどおり苦しみつづけるはずです。だったらそのことをはっきりさせたほうが、どれほどすっきりするだろうかと思ったんです」

「……それじゃ、もうお仙さんには……」

お志津が聞いた。

「はい。先日、打ち明けました」

「それで、お仙さんは？」

菊之助が聞いた。

「あっしを信じて待つといってくれました」

「そうだったか……」

菊之助は腕を組んだ。

「とにかく明日から親父と弟を捜すことにします。でも、来てよかったです。弟が生きているかもしれないということを聞き、ほっとしました」

「少なくとも、おまえは弟を殺してなんかいない。そういうことだ」

「はい、ありがとうございます」

定吉は目を潤ませて、頭を下げた。もし、会うことができたらちゃんと報告すると、先日と同じことを口にした。

「定吉さん、待って。住まいは南品川でしたね」

土間に下りて、戸口を出ようとした定吉を、お志津が呼び止めた。

「そうです」

「まさか、これから帰るんじゃないんでしょ。どこに泊まっているんです」

「通旅籠町にある〈柏屋《かしわ》〉という小さな宿です」

「柏屋ですね。もし、手伝えることがあったら何でもいってください」

「ありがとうございます。そのときはお願いします」

定吉は一礼して出ていった。

二

翌朝、菊之助は迎えに来た次郎とともに長屋を出た。

「音羽の助次郎は、目こぼしを受けたばかりなので、居所はすぐにわかったらしいんですが、ここ二、三日家を留守にしています。ひょっとすると逃げたのかもしれないと……」

「家に見張りはつけてあるんだろうな」

「そりゃもう」

助次郎の家には、五郎七と甚太郎が張りついているらしい。

二人は秀蔵と待ち合わせの、江戸橋近くの茶店に向かっているのだった。今日もよい天気で、雲ひとつない空が広がっていた。荷舟の行き交う日本橋《にほんばし》川は、水晶のような輝きを放っている。

「布引の駒助のほうはどうなんだ？」

「それはまだのようです。助次郎が捕まらないので、そのあとにするんでしょう」

「そんな悠長《ゆうちょう》なことをしていていいのか……」

「手は打ってあるらしいですけど」

次郎は秀蔵の詳しい動きを知らないようだった。

「とにかく横山の旦那に会えばわかるでしょう」

二人は江戸橋を渡って待ち合わせの茶店に入った。すでに秀蔵は来ており、小者の寛二郎を連れていた。

「七蔵は違ったようだな」

秀蔵は開口一番にそういって、茶を飲んだ。

「音羽の助次郎には会えなかったそうじゃないか」

「これからやつの家に行く。いなけりゃ、五郎七らにまかせて、おれたちは駒助のほうをあたる。さ、まいろう」

秀蔵は菊之助に茶を飲ませる暇も与えず立ちあがった。

音羽の助次郎の家は、鎌倉町《かまくらちょう》の裏通りにあった。長屋の木戸口に近づいたところで、見張りをしていた五郎七がそばにやってきた。

「野郎、まだ帰ってきません。ひょっとすると逃げたんじゃないでしょうか」

鉤鼻に汗を浮かべた五郎七は渋い顔をしていう。

「近所の者はなんといってる?」

秀蔵は長屋の路地に目を注いだまま聞いた。

「よそに行く素振りはなかったといっています。出かけるところを見た者もいますが、旅に出るようには見えなかったと……」

「家は見たか?」

「戸締まりがしてあるんで見てません」

それを聞いた秀蔵は厳しい表情を保ったまま、長屋に入った。路地の脇から小柄な甚太郎が姿を現した。

「家はここか?」

秀蔵は甚太郎を見て聞いた。長屋の連中が、何事かと路地に現れはじめていた。

「そうです。家のなかを見ようと思ったんですが、閉まっております」

「やつを待ってる場合じゃない」

そういった秀蔵は、腰高障子に手をかけると、力まかせに戸を引き開けた。錠前の留め具はあっさり戸柱から抜けて足許に落ちた。家のなかは雑然としていた。家財道具は少ないが、生活臭が濃く、旅に出たようには見えなかった。浴衣の洗濯物が衣紋《えもん》掛けに干されてもいる。丸火鉢には板が載せられ、その上に湯呑みと急須が置かれていた。

「逃げたようには見えねえな」

秀蔵は一言いって、家のなかに足を踏み入れ、行李《こうり》や簞笥《たんす》を開けてたしかめた。

「……やつの持ち物はひと揃いあると思っていいだろう。だが、三十両の金がありゃ、何もかも置いていっても不自由はしない」

十手で肩をたたきながら秀蔵は表に出た。それから高く昇った日を、まぶしそうに見あげ、

「小半刻ばかり様子を見てみるか」

そういって、表に引き返した。

木戸口のそばに甚太郎が控えて、あとの者は近くの茶店の縁台に腰をおろした。

「布引の駒助のほうはいいのか？」

菊之助が聞いた。

「まずは助次郎に会ってからだ。帰ってこないようだったら、駒助のほうにまわる」

「見張りはつけてあるんだな」

「おまえが気を揉むことはない。ぬかりなくやっているさ」

秀蔵はすまし顔で口に茶を運ぶ。

それから小半刻もしないうち、木戸口にいた甚太郎が駆けてきた。

「旦那、やつが帰ってきました」

「みんなついてこい」

秀蔵はすぐに立ちあがり、助次郎の長屋に向かった。ひと目で八丁堀同心とわかる秀蔵を先頭に、五人の男がつづく。その物々しさに、長屋のおかみたちが目を丸くしていた。

開け放された戸の前に立つと、柄杓《ひしゃく》で水を飲んでいた助次郎が、驚いた顔を向けてきた。

「南番所の横山だ。助次郎だな」

「へ、へえ。そうですが、いったい何の騒ぎです？」

助次郎は口の端にしたたる水を手の甲でぬぐった。目がおどおどしていた。

「錠前を壊しちまって悪いが、急ぎの用があるんだ」

秀蔵は三和土に立った。背が高いので助次郎を見下ろす恰好だ。菊之助は、助次郎が不審な行動をとらないように注意の目を注ぐ。

「木挽町に美園屋という反物屋がある。先月のことだが、そこの亭主が強盗に金を盗られてな」

秀蔵は穏やかな口調だが、その目は相手の心をのぞき込むように冷徹であった。

「まさか、あっしの仕業だと……とんでもありません」

助次郎は強く否定して、言葉を足した。

「この前捕まって、すっかり懲《こ》りてるんです。もう二度と盗みなんかやるまいと。ほんとです、旦那。あっしはもう人の物に手など出す気は毛頭ないし、やってもおりません」

「二、三日、家を空けていたらしいが、どこに行っていた?」

「上野の料理屋です」

「料理屋……」

秀蔵は目を細めた。

「もともとあっしは料理人です。自分の店が潰れちまって、それで自棄《やけ》になって悪いことをしちまいましたが、すっかり心を改めております。それで上野池之端《いけのはた》にある〈但馬屋《たじま》〉という店に雇われて通っているんでございます」

「家を空けているではないか?」

「遅くなると、そのまま泊まり込むからです」

「いつからその店で働いている?」

「もう一月半になります」

そばで聞いている菊之助は、助次郎が目こぼしを受けたのはいつだったかと考え、隣にいる次郎にそっと聞いた。五月だという。

「上野池之端の但馬屋といったな」

「へえ」

「働きだして休んだことはないか?」

「月に二度の休みがありますが、昔の勘を取り戻すために、旦那に味付けや仕込みを教えてもらっているんで、店には毎日出ております」

「甚太郎、聞いたとおりだ。おまえは池之端の但馬屋という店に行って、いまのことをたしかめてこい。わかったら浅草花川戸《はなかわど》の番屋で待っていろ。おれたちはその近くで調べ物をしている」

そういう秀蔵は、一瞬たりとも助次郎から目をそらさなかった。

「旦那、あっしはほんとに何もやっちゃいません」

助次郎はすっかり怯え顔になっていた。

「調べればわかることだ。そうビクつくな。だが、今度の盗みには殺しが絡んでいる手前、こっちも慎重になっているってわけだ」

「殺し……」

「そうだ。悪いが、このままおれたちについてきてもらう。おまえの無罪が証されたら、それで放免だ。何もやましいことをしていなければ、付き合えるはずだ」

「……わ、わかりました」

観念して答えた助次郎は、力なくうなだれた。

三

「布引の駒助は、辻強盗専門だった。女とつるんでの仕業だというのは話したが、独り働きをするようになったのは、その女が捕まったからだ」

秀蔵は町屋を縫うように歩きながら、横に並ぶ菊之助に話す。

「女の名はお嶋《しま》という。女郎上がりで、駒助に仕込まれたこそ泥だ。目をつけた相手にお嶋が色気を使って近づき、暗がりに連れてゆく、そこに駒助が待っているというわけだ。開き直る美人局《つつもたせ》のやり方でなく、お嶋も襲われたような芝居を打つ。強盗が怖くて相手が身動きできなくなるように抱きつき、懐中の物を駒助が盗りやすくするという巧妙な手口も使うし、仲間の駒助に命乞いもする」

「……………」

「金を盗まれた者は怪我はしていないが、なかなか訴えることができない。訴えれば、お嶋を証人にしなければならない。そうすりゃ金を盗まれたやつは、女房への弁解が面倒だ。お嶋が被害にあったことに同情を寄せ、怪我もせず命も助かったのだからと慰めれば、盗まれたほうも、悔しいながらも泣き寝入りだ」

「金を盗まれて泣き寝入りできるというのは、盗む金高《かねだか》が多くないということか……」

「そうでもない、ときには五十両なんてこともあったそうだ。なにせ、駒助の狙う相手は金持ちばかりだ。だが、そんな手がいつまでもつづくわけがねえ。お嶋を不審に思った男の内通で、御用だ。だが、駒助の行方《ゆきがた》は知れずじまいだ」

「しかし、駒助の居所をつかんだ。そういうわけか……」

「お嶋は駒助の家を白状したが、野郎は先に雲隠れしていた。隠れ先を突き止められたのは、火盗改《かとうあらため》の助があったればこそだ」

菊之助にある男の顔が浮かんだ。大島景次《おおしまかげつぐ》という火盗改の筆頭同心だ。秀蔵の知り合いで、互いに協力関係にあった。さらに、その大島には坪井三蔵《つぼいさんぞう》という食い詰め浪人だった男をつけてある。三蔵は菊之助が労を取り、秀蔵の世話で、火盗改に入れた男だった。なるほどそうかと、菊之助は思った。

「それで、これから行くところに駒助はたしかにいるのだろうな」

「どうかわからぬ。いてくれることを願っているだけだ」

表情を引き締めた秀蔵は、足を速めた。

四

定吉は母・お正の眠る弥勒寺に来ていた。本堂前の広場を抜け、枝折り戸《しおど》を開けて墓地に入った。初秋の日射しのなかに、無数の卒塔婆が立っている。一方の木立の上で鴉《からす》が鳴いていた。

この寺に来る前に、定吉は十年ぶりに備後屋の主・喜兵衛に会ってきた。十年の歳月は短いようで長い。喜兵衛はすっかり頭髪が薄くなっており、その髪には霜が目立ったし、顔のしわも深くなっていた。それでも定吉はすぐに喜兵衛とわかった、喜兵衛のほうは定吉に気づくまで時間を要した。

「定次郎の倅、定吉でございます」

覚えておいでですか、といっても喜兵衛が首をかしげるので、定吉はそう名乗った。すると、喜兵衛は眉間にしわを彫って目を細め、それからやっと思い出したように目を瞠り、喜色《きしょく》を浮かべた。

「おめえ、高砂町に住んでいた定次郎の……」

「そうでございます。ご無沙汰をしておりました」

「おいおい、こりゃ驚きだ。いったいどこに行ってたんだ。ま、いいさ、さあ入んな」

喜兵衛は仕事を中断して定吉との再会を喜び、居間にあげて茶でもてなしてくれた。弟の正吉をひどい目にあわせたことは伏せて、定吉は十年前のことからこれまでのことをかいつまんで話した。

「それじゃ、前の晩に飛び出したってことは、定次郎といっしょに夜逃げしたんじゃなかったのか。へえ、そうだったのかい。おれはてっきり、定次郎がおめえと正吉を連れて逃げたんだと思っていたんだ」

「申しわけありません」

「何も謝ることはねえ。それにしても立派な大工になれてよかったじゃねえか」

喜兵衛は、ぐすっと洟をすすって少し目を潤ませた。昔から人情家の職人だというのは、子供ながらに定吉は承知していた。

定吉の訪問を喜ぶ喜兵衛は、昔のことをいろいろ語ってくれた。父・定次郎のことが中心だったが、死んだ母のこともよく覚えていたし、幼い頃の定吉や正吉のことも話してくれた。それに、喜兵衛は定次郎の腕をいまでも褒めちぎった。

「あいつはほんとに惜しい男だった。いまだからいっちまうが、おれなんかよりずっと腕がよかった。あいつの作る畳は、真似しようとしても、なかなかできるもんじゃない。あいつの作った畳にケチをつけた客などひとりもいねえし、逆に褒める客ばかりだった。うちの店が信用を得て、そこそこ繁盛するようになったのも、定次郎がいたからなんだ。酒を控えろといったことは、幾度となくあったが……」

喜兵衛はいかにも職人らしい節くれだった指で、首筋を撫でてため息をついた。

「酒に溺れなきゃ、お正さんも早死にしなかったはずだ。それにしても定吉、おまえさんは立派になったなぁ」

そういって、喜兵衛は嬉しそうに定吉を見るのだった。それから、菊之助という研ぎ師が定吉一家のことを何度か聞きに来たことを口にした。

「おまえたち家族が住んでいた家で、仕事をしているらしくてな。妙に気になるというんだよ。面白い男が世の中にはいるもんだ。そう思っていた矢先に、おまえが訪ねてきたんだからな」

「それで親方、うちの親父の行き先はわかりませんでしょうか？」

喜兵衛の話が一段落したところで、定吉は聞いた。

「さっきもいったが、研ぎ師にも同じことを聞かれたよ。だけど、わからねえな」

「あっしの知らないところで、親父と仲のよかった人がいたんじゃないかと思うんです。親方には心当たりありませんか?」

定吉は必死の目をしていったが、喜兵衛は首を振るだけだった。

「……おれも定次郎の行方は気になっているんだが、捜しようがなくてな。だが、どこかで生きているはずだ。これからは、おれも前に増して気にかけることにするから、おまえもあきらめるんじゃないよ」

「へえ、よろしくお願いします」

「……せっかくおれを訪ねてきてくれたんだ。おっかさんの墓参りもすることだ」

無論、母の墓参りは考えていることだったが、それは父と弟に会えてからにしようと考えていた。何しろ定吉にはあまり時間がなかった。だから、父と弟を捜すことを優先したかったのだ。だが、喜兵衛の一言で背中を押されたのだった。

かあ! と、大きく鳴いた鴉の声で、定吉は我に返り、墓地のなかを歩いた。母・お正の墓の位置がどこだったか、記憶が定かではなかったが、墓地の外れのほうを行ったり来たりするうちにようやく探しあてた。

じつは何度も通り過ぎていたのだ。というのも卒塔婆が新しくなっており、墓掃除がなされていたからだった。定吉はひょっとすると、卒塔婆も倒れ、盛り土もなくなっているのではないかと、勝手に想像していた。

ところが、予想していたこととは逆だった。きれいに手入れが施されていたのだ。そればかりでなく、真新しい青竹に百合《ゆり》の花も活けてあった。

誰がこんなことを……。

心の内でつぶやいた定吉は、思わずまわりを見回した。人の影はなかった。とにかく線香をあげ、途中で買ってきた大福を供えて手を合わせた。

お正の卒塔婆に戒名はなかった。読むのが難しい経文《きょうもん》に没年と、「お正之墓」と書かれているだけだった。

手を合わせ目をつむると、侘《わび》しい野辺送りの情景が、記憶の底から甦《よみがえ》った。それと同時に、酒に酔って母を殴り、自分たちを怒鳴りつける父親の姿も浮かんできた。さらには、正吉を大川に蹴落としたときのことも、父親に鑿をふりかざしたことも……。

「……おっかさん」

いやな記憶を振り払うためにつぶやき、目を開けた。

「……おれ、やっと一人前の大工になれたよ。それから女房をもらうことになった。お仙といって明るくて気のやさしい女だ」

定吉は墓前に水を供えて立ちあがった。

「また来るよ。今度は女房を連れて……」

最後にそう声をかけて、墓を去った。しかし、誰が墓の手入れをしたのだろうかと気になった。父親なのか、それとも正吉が……。そうでないとすれば、誰が？

父親の親戚が母の墓参りをすることは考えにくかった。親戚に嫌われていた父親である。それじゃ母親の親戚か兄弟……。だが、もう十年もたっているのだ。それに母・お正の生家は筑波山《つくばさん》に近い吉沼《よしぬま》という村だった。定吉は行ったことがなく、またお正の親兄弟はおろか、親戚の者など誰ひとりとして知らなかった。あの父親が母の実家に母の死を知らせたとは、とても考えられない。正吉にも無理なことだ。店賃《たなちん》を取り損ねた大家が、催促のために連絡したということは考えられるが……。はたしてどうだろうか。

定吉は影法師を引きながら墓地を抜けて立ち止まった。本堂の脇で掃除をしている坊主がいたのだ。坊さんが墓掃除をしたのか。たとえそうだったとしても、花まで供えるだろうか。疑問は強くなるばかりだった。

「……お坊さん」

定吉は掃除をしている坊主に近づいて声をかけた。

「何でしょう」

箒《ほうき》を持ったまま振り返った坊主は、乏しい表情を向けてきた。

「ちょっと聞きたいんですが、この墓の、その北側の角に……あれは樒《しきみ》というのか、その木の近くにお正という墓があるんです」

「樒の木……」

坊主は木陰から日なたに出て、墓地を眺めた。その眉がわずかに持ちあがり、顔が定吉に向けられた。

「百合の花を添えてある墓ではありませんか」

「そうです」

定吉は目を輝かせて、言葉を足した。

「あっしのおふくろの墓なんです。来るのは十年ぶりですが、卒塔婆が新しいし、花を供えてあり、掃除もしてあります。いったい誰がそんなことをしたのかと思いまして、ご存じありませんか」

坊主は穏やかな眼差しを定吉に向けた。近くで鳴いているはずのひぐらしの声が、どこか遠くに聞こえるような気がした。

「お若い方がときどき見えられるんです。祥月命日《しょうつきめいにち》でなくても、ときどき思い出されたようにやってこられます。つい二日ほど前でしたか、見えられたばかりです。その折に、卒塔婆を立てていかれたのです」

「来たのは誰です？　どこの何という人です？」

「それはわたしには……」

坊主は首を振ったあとで、

「卒塔婆の裏には立てた方の名が書いてあるはずです。それを見ればおわかりになるのではありませんか」

という。

そうだったと、定吉は目を瞠るなり、急いで引き返した。坊主に礼をいうのも忘れ、一目散に墓地のなかを駆けた。

母親の墓地にたどり着くなり、卒塔婆の裏を見た。

〈正吉〉という字が、定吉の眼底に焼きつくように飛び込んできた。

定吉は息を呑んだまま、その字を食い入るように眺めていた。それからよろけるようにひざまずき、大きく息を吐いた。

「正吉、生きていたんだな。正吉、生きているんだな……」

つぶやいた定吉は、大きな安堵の吐息をつかずにはおれなかった。もう一度、息を吸って吐き、まぶしい大空をあおいだ。熱いものが胸の内から込みあげ、我知らず両目に涙が溢れた。

五

布引の駒助の住まいは、浅草並木町《なみきちよう》にあった。浅草寺風雷神門《せんそうじふうらいじんもん》から一町（約一〇九メートル）とない場所だ。といっても、裏店である。町人地だが、松の木がところどころで見られるのは昔の名残だ。かつて、雷門からこの町までは松と桜の並木道だったらしく、町名はそのことにちなんだという。

駒助の住む長屋に入るなり、二人の男が現れた。いずれも浪人のなりであるが、菊之助はひとりに見覚えがあった。先方もすぐに気づき、にやりと口許をゆるめた。

坪井三蔵だったのだ。

「荒金さん、ご無沙汰をしております。挨拶に伺《うかが》わなければならないと思いつつ、いつしか足が遠のいてしまい、申し訳ありません」

三蔵は菊之助に近づくなり、深々と辞儀《じぎ》をした。

「そんなこと気にすることはない。それにしてもおまえ、変わったな」

菊之助はまじまじと三蔵を見て、「いや、いい顔つきになった」と言葉を重ねた。三蔵は濃くて太い眉に、鋭い切れ長の目を持っている。しかし、他人には気弱な印象を抱かせる。もっともそれは過去のことで、いまはその太い眉と切れ長の目に、男らしい厳しさが窺える。口もきりりっと引き締まっていた。すっかり火盗改の顔になっているのだ。

「厳しいことをいろいろたたき込まれましたので……」

三蔵は気恥ずかしそうに後頭部をかいて、もうひとりを紹介した。やはり同じ同心で、名を江藤勇之新《えとうゆうのしん》といった。

「それより坪井、駒助のほうはどうなっている？」

秀蔵が横から口を挟んだ。

「昨夜から見張っておりますが、家にいる様子はありません。近所の連中に聞いたところ、一度出かけたら四、五日は戻ってこないらしいんです」

「なぜ、家を空けているのだ」

秀蔵は独り言のようにつぶやいた。

「それはわかりません。ですが、駒助は人相書の顔と狂いがないようです」

菊之助もこっちに来るとき、その人相書を見せられていた。秀蔵がお嶋の協力を得て、新たに作り直したものだった。

「それなら、見張って待つしかないか」

秀蔵はすっきりした顎を撫でて路地奥に目を注ぎ、

「坪井、ここまででいい。あとはおれたちでやる」

と、三蔵を見た。

「まだ大丈夫です。さいわい急ぎの仕事はありませんので……」

「その気持ちだけ受け取っておこう。それにろくに眠っていないであろう。おれには手勢がいる。相手はひとりだ。あとはおれたちでやる。それから、礼はあとだ」

「そんな礼などとんでもありません。どうか気になさらずに」

三蔵は遠慮した。

「とにかく帰ってひと眠りしろ。あまり振りまわすと、おまえらの元締《おかしら》からお叱りを受けるかもしれぬからな」

「それじゃ、お言葉に甘えさせていただきます」

「うむ、大儀《たいぎ》だった」

秀蔵がねぎらうと、三蔵は菊之助に顔を向けて、もう一度辞儀をして去っていった。

坪井三蔵と連れの江藤勇之新が帰っていくと、菊之助たちは秀蔵の指図で、それぞれの持ち場を割り当てられて見張りについた。

日は中天《ちゅうてん》に昇り、そして少しずつ傾きはじめた。

菊之助はいっしょに見張りをしている次郎と交代で、うどんを食べにゆき、小腹を満たした。初秋の風が吹き抜ける平穏な町はいつもと変わらない。商家の奉公人や侍が行き交い、棒手振が路地を出たり入ったりしている。野良犬が路上に糞をすれば、野良猫は屋根で昼寝をしている。身動きしない雲の浮かぶ空では、数羽の鳶《とび》が遊弋《ゆうよく》していた。

「菊の字……」

見張り場に戻ったとき、そばに秀蔵がやってきた。秀蔵はそのときの気分で、菊之助と呼んだり、菊の字と呼んだりする。

「上野の但馬屋って料理屋に行った甚太郎が戻ってきた。助次郎は無実だ。やつがいったように、但馬屋の主や奉公人が口を揃えて、無実を証すことをいったらしい」

「……残るは駒助というわけか」

「そういうことだ」

菊之助が見張っている場所は、駒助の長屋の木戸口を見通せる仏具屋の土間先だった。

「駒助も違っていたらどうする？」

秀蔵は菊之助の問いかけには答えず、黙って駒助の長屋のほうに目を注いでいた。口を開いたのはしばらくしてからだった。

「いまは駒助を押さえるのが先だ。おまえは余計な口を挟むんじゃねえ」

秀蔵が低い声で声を荒《あら》らげるというのは、それだけ苛《いら》ついている証拠である。

菊之助は何もいい返さず、長屋の木戸口に目を光らせていた。

夕七つ（午後四時）の鐘音を聞くと、西に移動した日の傾きが心持ち早くなった。戸障子から射し込む影が長くなり、魚屋や豆腐屋の棒手振が目立つようになった。ひぐらしの声も高まり、通りに赤とんぼが舞いはじめた。

布引の駒助はなかなか姿を現さなかった。

「今日も帰ってこないんじゃ……」

隣にいる次郎がぼやきを漏らした。

「下手人が他にいるなら、無駄になりますすね」

「次郎、そのことは秀蔵にいってはならぬ」

「はい、わかってます。旦那はいつになくカリカリしてますからね」

日が落ち、夕靄《ゆうもや》が町に漂うと、軒行灯や提灯に火が入れられた。長屋の煙出し窓から竈《かまど》の煙が流れている。長屋の路地は慌ただしくなっていた。出職の亭主を迎える女房や子供、七輪《しちりん》で魚を焼く娘がいれば、元気よく路地を駆け抜ける子供もいる。

日が没し、空に星が目立つようになった。通りを行き交う人の姿は逆に少なくなった。

「先に飯を食っておきましょうか」

見張り場にしている仏具屋の主が暖簾をしまったあとで、次郎がいった。

「そうするか。長くなることを覚悟しておいたほうがよさそうだからな」

「じゃあ、菊さん先に……」

「おれはあとでいい。先にすませてこい」

「それじゃ遠慮なく」

次郎が戸口を出ようとしたときだった。一方の茶店の葦簀に陰をひそめていた五郎七が顎をしゃくった。木戸口に入っていく男がいたのだ。

「待て」

菊之助は思わず、次郎の手をつかんだ。

そのとき、通りに秀蔵が姿を現した。長屋の奥には寛二郎と甚太郎がいる。

「駒助が戻ってきた」

そういってから菊之助も長屋の木戸口に向かった。

駒助は家の腰高障子に手をかけて、一度左右を見た。それから敷居をまたごうとしたが、はっとした顔で木戸口のほうに顔を戻した。その目には秀蔵や菊之助らの姿が映ったはずだ。駒助は慌てたように反対を見た。そちらには寛二郎と甚太郎が立っていた。

駒助は袋の鼠だった。

「布引の駒助だな」

秀蔵が声をかけた瞬間だった。隣の家から飛び出してきた幼い子供がいた。駒助はその子をつかむなり、首筋に匕首をあてがった。

「近寄るんじゃねえ！」

六

「無駄なことはするな。子供を放せ」

秀蔵はゆっくり足を運びながら、落ち着いた声で諭した。

駒助につかまれた子供は怯えきって、いまにも泣きそうな顔をしている。

「いいから放せ。おまえに話があるだけだ」

「何だ、話って？」

駒助は背後に注意の目を向けて、秀蔵に顔を戻す。騒ぎに気づいた長屋の連中が戸口から顔を突き出していた。

「聞きたいことがある。手荒なことをするつもりはない。いいから、子供を放せ。それともおまえは何か悪さでもしでかしているのか……」

「そんなことは……」

「ないなら、なにも狼狽《うろた》えることはねえだろう。さあ、子供をこっちによこしな」

秀蔵はさらに近づいて、子供を迎えるように両手を広げた。

「な、何でこんな大勢でやってきやがんだ。話だけならひとりで充分だろう」

「ああ、おれとおまえの話だけで充分さ。こいつらは何もしやしない。さあ、子供を……」

駒助は逡巡したが、あきらめたように子供を突き飛ばした。子供は秀蔵の胸に飛び込んでくるなり、大声をあげて泣きだした。

秀蔵は子供を菊之助に預けた。菊之助はすぐにその子供の親に返してやった。

「話はどこでする？　おまえの家でもかまわないぜ」

そういった秀蔵はゆっくり近づくなり、さっと袖を振りあげて振り下ろした。

瞬間、駒助の手から匕首が落ちた。さらに秀蔵は、駒助に毫《ごう》も余裕を与えずに片腕を背中に捩りあげた。一瞬にして、駒助の顔が苦痛にゆがんだ。

「騙《だま》しやがって」

「てめえが妙な真似をするからだ」

秀蔵は駒助の片腕を捩りあげたまま、配下の者たちに家探《やさが》しを命じ、自分は駒助を近くの自身番に連行した。これには菊之助が同行した。

「てめえの悪行は、何もかもお嶋がくっちゃべってくれたぜ」

秀蔵は駒助を自身番に押し込むなり、脅しをかけた。駒助は顔を青ざめさせて秀蔵を見返したが、もうその目に強気の色はなかった。

「まずは、てめえの懐のものを出してもらおうじゃねえか。といっても、手を縛られてちゃ自分じゃできねえか……」

秀蔵は駒助の懐から巾着や煙草入れなどを抜き取ってあらためた。と、巾着から十二両近い金が出てくるではないか。秀蔵が目を厳しくして、駒助をにらんだ。

「……この金はどうした？」

「稼いだんです」

「どこでだ？」

「そんなの教えるこたあねえでしょう。おれの稼ぎですから」

ピシッ！　いきなり秀蔵が駒助の頬をひっぱたいた。

「てめえ、正直にいわねえと、人殺しの咎《とが》でこの首が飛ぶことになるんだぜ」

秀蔵は人差し指で、駒助の首を横に引いた。頬に朱を差していた駒助の顔が、紙のように白くなった。

「お、おれは殺しなんかやっちゃいませんよ」

駒助は声まで震わせた。立ち会っている菊之助は、じっと駒助の表情の変化に注意の目を向けていた。

「だったらいうんだ」

「それは……」

「なんだ？」

秀蔵は岩をも貫くような眼光で駒助を凝視する。

「瓦町《かわらまち》で……その佐竹《さたけ》屋という瓦屋の……」

「佐竹屋の主から巻きあげたってわけか。そうなのか？」

駒助は認めるようにうなずくと、しょんぼりうなだれた。

そのとき、駒助宅の家探しをしていた次郎たちが自身番に入ってきた。彼らは美園屋芳右衛門の巾着を探していたのだった。

「見つかりません」

秀蔵の問いかけに答えるのは五郎七だった。

「次郎、五郎七、おまえらはこれから瓦町に行って、佐竹屋の主をここに連れてこい。こいつがその主の金を盗んだらしい」

「へえ、早速に」

返事をした五郎七が次郎といっしょに出ていった。瓦町というのは、本所の北にある中之郷《なかのごう》瓦町のことである。瓦問屋が集まっている町で、瓦師も多く住んでいた。

その後、秀蔵は駒助に対して、木挽町に行っていないか、美園屋という反物屋を知らないかと訊問を重ねていった。駒助は瓦屋の主から金を奪ったことは認めたものの、美園屋の一件と船頭殺しについては頑《かたく》なに否定した。そうこうしているうちに、佐竹屋という瓦屋の主が次郎と五郎七に案内されてやって来た。

「佐竹屋さん、こやつに見覚えはないかい？」

秀蔵が聞くのへ、佐竹屋の主はじっと駒助に目を注ぎ、

「この男です。わたしの巾着を奪って逃げた盗人です」

と、確信ある顔でいった。

「巾着のなかにはいくら入っていた？」

「たしかなことはわかりませんが、十二両ぐらいだと思います」

「おいおい、駒助、てめえはどうしようもねえな。これじゃ目こぼしもできなくなっちまった。場所を替えて、てめえの話をじっくり聞くことにしようじゃねえ

か」

　秀蔵は駒助の肩をたたいて立ちあがると、

「佐竹屋、おまえの巾着はこれか？」

　駒助の持っていた巾着を見せた。

「はっ、それはまさしくわたしのです」

　秀蔵はその巾着に十二両を入れて佐竹屋に戻した。それから寛二郎に顔を向けて、

「駒助は大番屋で調べる。引っ立てろ」

　と命じた。

　暗い夜道を駒助が引っ立てられている。縄尻《なわじり》を持つのは小者の寛二郎だ。そのそばに提灯を持つ五郎七と甚太郎。羽織を翻し、颯爽《さっそう》と歩く秀蔵が、菊之助と次郎の前にいる。

「菊さん」

　声をひそめた次郎が、菊之助に顔を向けてきた。

「……あいつも違うような気がするんです。この頃、おいらの勘はよく当たるん

ですよ」

「調べてみなければわからぬだろう」

「ま、それはそうですが……」

じつは菊之助も次郎と同じ思いを抱いていた。しかし、駒助が美園屋を襲い、お滝の父・直七を殺した下手人でないとしても罪は免《まぬか》れない。秀蔵は容赦ない調べをするはずだ。もし、下手人であれば、白状するのは火を見るより明らかだ。しかし、あくまでも否定すれば、他の罪はともかく美園屋の一件には関わっていないと考えていいだろう。

駒助は俗に三四《さんし》の番屋と呼ばれる大番屋に押し込まれた。ここから先は、菊之助らには出る幕はない。あとは秀蔵の調べにまかせるしかないので、菊之助と次郎は大番屋の前できびすを返した。

「駒助も外れだったら、横山の旦那は今までに名の挙がったやつらを再び片端から調べ直すといってますが、他に何かあるような気がするんですよ」

帰りながら次郎はそんなことをいう。

「あるとすれば、例えばどんなことだ？」

「そうですね……」

次郎は思慮《しりょ》深い目を遠くに飛ばした。

菊之助はそんな次郎の横顔をちらりと見た。その顔は軒行灯の明かりに染められていて、目が赤く燃えているように見えた。かつての青臭さはその目には感じられなかった。いまは立派な捕り方の目つきになっている。町方の仕事を手伝ううちに、そんな目になってきたのだ。

「他にも美園屋の掛け取りを知っていたやつがいたんじゃないかと思うんです。もし、そうでなければ、行き当たりばったりの辻強盗としか考えられません」

「……美園屋の掛け取りを知っていたのは、主・芳右衛門の女房と番頭と二人の手代、そして芳右衛門の二人の娘だったな」

芳右衛門の娘は、上がお芳《よし》で下がお園だった。

「それから魚屋の才助、お園の友達のおみつがいます」

「そうだった。だが、いずれも違った」

「そうなんですよね」

次郎は小石を蹴りながら歩く。そのとき、ふと菊之助の頭に閃くものがあった。

「おみつには亭主がいるのではなかったか……」

菊之助が立ち止まっていうと、軒行灯の明かりを片頬に受けた次郎が、顔を振り向けてきた。

「左官をやっている庄助という亭主です」

「おみつはその庄助に話していないだろうか……」

「聞き込みでは、おみつは掛け取りの話など右の耳から左の耳に聞き流した、ということでしたが……」

「だが、あとでふと思い出して、口にのぼらせたかもしれぬ。往々にしてそういうことがあるだろう」

大きく目を瞠った次郎の目が輝いた。

「ひょっとすると……」

「おみつの家は知っているな」

「へえ」

「行ってみよう」

二人は来た道を急いで引き返した。

七

「そのことでしたら前に……」

菊之助と次郎の訪問の意図を聞いたおみつは、目を丸くした。猫のように大きな目だった。おみつは身籠もっており、西瓜《すいか》を抱えたように腹がふくらんでいた。

「もう一度、横山の旦那から聞いてこいっていいつけられてるんだ」

次郎が親しみを込めた笑みを浮かべていう。

「でも、あたしには……」

おみつは小首をかしげて、ふくらんだ腹をさすった。菊之助は家に亭主の庄助がいないことが気になったが、

「赤ん坊はいつ生まれるんだい？」

と聞いた。相手の心をほぐすような笑みを口許に浮かべるのを忘れなかった。

とたんに、おみつの頬がゆるんだ。

「来月です。もう名前も決めてあるんですよ」

「楽しみだな。ところで亭主はどうした？」

「今夜、寄合があるので汗を流しに湯屋に行っています」

すると、いずれ戻ってくるというわけだ。

「亭主に、さっきのことを話したことはなかったかね」

「そんなこと話したことあったかな……」

おみつは視線を彷徨《さまよ》わせた。

縁の下や長屋の路地の暗がりから虫の声が湧いていた。長屋は木挽町一丁目にあった。お滝が住んでいた松村町の隣町である。

「思い出せないか？」

菊之助が催促すると、おみつは顔を戻した。

「話したかもしれません。いえ、話しました。美園屋の旦那さんが三十両の掛け取りをするんだってと……」

菊之助は息を呑んで、おみつを見つめた。

「すると、うちの亭主は金のあるところにはあるもんだなといって、酒を飲んでました」

「それはこの家で……」

「はい」

「件の日だが、庄助は家にいたかい？」

そこでおみつは、はっとした顔になり、その目を険しくした。

「まさか、うちの亭主を疑っているんですか？」

「たしかめているだけだ。どうだ……」

そのとき、「おや」という男の声が背後でして、おみつが「あんた」と声をかけた。菊之助と次郎は同時に男を振り返った。それがおみつの亭主の庄助だった。湯上がりらしく、真っ黒に日焼けした顔を火照《ほて》らしていた。鼻梁《びりょう》が高く、右目の上に小豆大の黒子《ほくろ》があった。

「庄助だな」

菊之助はそういって、自分たちの身を明かしてから、

「船頭の直七のことは知っているな」

と聞いた。

「へえ、あの人の船宿にはよく遊びに行っておりましたから。しかし、あんなことになるとは思いもしませんでした」

庄助はそういいながら家のなかに入って、手拭いをおみつに渡した。

「その直七が殺された日のことだが、おまえはどこで何をしていた？」

庄助は驚いたように菊之助を見返し、浴衣の襟を正しながら、思い詰めた顔でしばらく考えていた。その目には落ち着きが感じられなかった。

「まさか、あっしを疑っていなさるんで……」

「聞いているだけだ。どうなのだ？」

「前のことですから……でも、あの日はいつもより早く仕事が終わったんで、日《ひ》蔭町《かげちょう》の賭場に行って帰ってきました。そんなに遅くならなかったはずです」

「日蔭町……」

芝口橋《しばぐち》の先である。

「そうはいっても、行っただけで遊びはしなかったんです。様子を見てそのまま帰ってきましたので……」

「その賭場は日蔭町の何という場所だ？」

「日比谷稲荷《ひびやいなり》の隣に空き地があるんです。そこで茣蓙《ござ》を敷いただけの野天《のてん》がありまして、そこでときどき開帳されるんです」

菊之助はじっと庄助を見つめたが、庄助は目を合わせようとせず、おみつに巾着をくれと催促した。

「美園屋の掛け取りのことをおまえは知っていたな。おみつはそういっているが

「……」

庄助は一度おみつをにらむように見て、顔を戻した。

「知っていたっていうより、聞いただけですよ。大店《おおだな》は動かす金が違うなと感心しただけで、気にも留めませんでしたよ。ちょっと、申し訳ないですが、そろそろ寄合に行かなきゃならないんです。それとも他に何か？」

「寄合はどこでやるんだ」

「そんなことまで教えなきゃならないんですか？」

庄助は不機嫌な顔になって、菊之助をにらんだ。だが、それも束の間のことだった。

「いいだろう。また何か気になることがあったら、訪ねてくるかもしれぬ」

菊之助はそういって、次郎とともに庄助の家をあとにした。

「秀蔵の取り調べ次第だが、場合によっては、もう一度庄助に会うか。どうにも腑《ふ》に落ちないところがある」

「菊さんもそう思いますか。それでやつがいった賭場のことはどうします？」

「明日でもいいだろう」

「そうですね、駒助の調べも終わっていませんからね」

二人はちょうど、駒助が押し込められた三四の番屋の前を歩いているところだった。星たちで埋められた空には、痩せはじめた月が浮かんでいた。

同じ月を見ていた男がいた。

定吉である。通旅籠町の柏屋という旅籠の部屋だった。開け放した窓から涼しい夜風が流れ込んでいた。夜の町はまだ賑《にぎ》やかで、通りを歩く人も多い。酔った男の声に、なまめかしい女の笑い声が混じっていた。

その日、弟の正吉が生きていると確信した定吉は、どうやって正吉を捜しあてればよいかと考えあぐねていた。あれから十年、正吉がどこで何をしてどうやって生きてきたのかまったくわからない。父の定次郎も生きているかどうか不明だ。しかし、正吉に会うことができれば、父のこともわかる。いまの定吉の胸には、生きていようが死んでいようが、消息だけでも知りたいと思う気持ちがあるだけだった。

弥勒寺の坊主は、ときどき正吉が墓参りにくるといっていた。それはあの寺からあまり遠くないところに住んでいるからではないだろうか。もし近場でなくても、江戸市中にはいるはずだ。そう考えることに不自然さはなかった。

しかし、捜す術《すべ》がない。どうやって捜せばいいのだろうか……。

定吉は窓から身を乗り出して、下の通りを眺めた。提灯や軒行灯が両側に連なっていた。道を歩く人たちの持つ提灯が、蛍《ほたる》のように揺れている。

定吉はゆっくり視線を上げて、南の空に目を向けた。

「正吉、どこにいるんだ。おとっつぁんはどうなったんだ……」

小さな声で星に問いかけたとき、障子の向こうで声があった。

「お客さん」

ぼうっとしていたので、定吉はビクッと振り返った。いらっしゃいますか、と声が被せられた。

「何だ？」

「へえ、お客さんに会いたいという方がお見えなんですが、どういたしましょう」

「おれに会いたい人だと……」

定吉は部屋を横切って、障子を開けた。三十年増《としま》の仲居が廊下に手をついていた。

「女の方ですけど」

「女……」

誰だか見当がつかなかった。

「ご迷惑でしたら、帰ってもらいましょうか……」

「いや、いい。通してくれ」

定吉は窓際に戻って女の客を待った。

第七章　和解

一

訪ねてきたのは、菊之助の妻・お志津だった。お滝という娘もいっしょだ。

「おかみさん……」

定吉は目を丸くして、お志津とお滝を部屋に招き入れた。

「いったいどうされたんです？」

「定吉さんのことが気になって伺っただけです。それで、弟さんとお父上のほうはいかがなさいました？」

「いかが、なさいました？」

最後の科白《せりふ》をお滝が真似していった。

「いろいろ考えた末に、思い切って、親父を使ってくれていた親方のところに行ってきました」

「備後屋さんですね」

「へえ。それで昔話に花が咲いたのはいいんですが、親父のことはわからずじまいで、そのあとでおふくろの墓に行きまして……」

定吉は墓参りに行ってからのことを、すべて語って聞かせた。その話をお志津はすっと背筋を伸ばし、凛《りん》とした顔で聞いていた。その姿は、一輪の百合の花のようでもあった。いっしょについて来たお滝は、旅籠がめずらしいのか、廊下をのぞき見したり、窓から顔を出したりしていた。

「それじゃ弟さんは、やはり生きてらっしゃったのね」

「はい、死んではおりませんでした」

定吉はあらためて、安堵の吐息をついた。

「そう、それだけでもはっきりしたのはよいことでした。それから、お口に合うかどうかわかりませんが、よかったら明日の朝にでも食べてください」

お志津は風呂敷包みをすうっと差し出した。

「おにぎりです。人捜しは大変でしょ……」

口許をゆるめていうお志津に、定吉は人のやさしさや思いやりというものを感じ、胸を熱くした。じつは手持ちの金が少なく、食事を節約していたのだった。

「ありがとうございます。遠慮なくいただきます」

「弟さんが生きてらっしゃるとわかったのだから、何としてでも会わなければなりませんね。何か捜すあてはあるのですか？」

「それが……いったいどうやって捜したらいいのか……家主の源助さんにも備後屋の親方にも捜しようがないといわれる始末で……」

「……そうね」

お志津は表情を曇らせてつづけた。

「ほんとうなら人別帳でわかるはずですからね。……親戚をあたるのはどうかしら？」

定吉は鼻の前で手を振って、父・定次郎が親類縁者に嫌われていたことを話し、また母・お正の生まれが常陸国《ひたちのくに》の田舎なので、そちらをあたるのも難しいといった。

「しかも、十年もたっておりますし……」

「定吉さん、あきらめてはいけませんよ。きっと捜す方法が何かあるはずです」

二人はいっしょに黙り込んで、そのことを考えた。

酔った客がいるらしく、明るい笑い声が近くの客間から聞こえていた。窓の外をのぞいていたお滝が戻ってきて、お志津の隣にちょこんと座った。

「お寺のご住職はご存じないかしら……。卒塔婆を書いたのがご住職だったら、正吉さんと何か話をしてらっしゃるのではないかしら」

お志津の言葉に、定吉ははっと目を瞠った。そうかもしれない。

「気づきませんでした。明日、もう一度あの寺に行ってみることにします」

「それでもわからなかったらどうされます？」

お志津はあくまでも冷静なことをいう。無論、定吉はそのことを考えつづけていたのだが、いい智恵は何も浮かんでいなかった。

「お父上と仲のよかった人とかわからないの？」

「それが……いたかもしれませんが、あっしはそんな人を知らないんです」

「だったら母上のお友達は……」

「あ」

と、定吉は口を半開きにしたが、すぐに肩を落とした。

「おふくろは近所付き合いもよくて、好かれる人でしたから何人か知っていますが、親父がおふくろの友達に行き先を告げて、長屋を出て行ったとは考えられないことです。それに、もうそういう人がどこにいるかもわかりませんし……」

「困ったわね……」

「とにかく明日、もう一度弥勒寺に行って、卒塔婆を頼んだ正吉のことを訊ねることにします」

「そうね、やれるところからやったほうがいいですものね」

「はい、いろいろとお気遣いいただきありがとうございます」

「夜分に申し訳ありませんでした」

「いいえ、心配してもらうだけでなく、食べ物までいただきまして……」

深く頭を下げた定吉は、旅籠の玄関までお志津とお滝を見送っていった。

部屋に戻って、お志津の手作りの弁当を開けてみると、驚いた。おにぎりだけでなく、卵焼きと沢庵が入っていたのだ。

どんな料理よりご馳走に見えた。腹が減っていたので、ひとつをつまんで嚙んでいるうちに、人の親切が心にしみ、目頭が熱くなった。世の中にはいい人もいるんだと、あらためて思い知らされた。

「弟の正吉が生きていたとわかっただけでもよかったではないか。定吉は罪人でも何でもないんだ。これで、大手を振ってお天道様《てんとさま》の下を歩けるようになったんだ」

二

菊之助は昨夜、お志津から聞いたことを繰り返していた。

「だからこそ、会えるのを願わずにはいられません」

「定吉はそれ以上の思いだろうが、とにかく寺のほうで弟の正吉のことを知っていればよいな」

「そうですね」

茶を運んできたお志津が台所に下がると、菊之助は表に目をやった。庭には朝の光が満ちていた。木の葉からこぼれる朝露が、きらりと光を放って落ちると、地面で楽しげにさえずっていた二羽の雀が飛び立っていった。

次郎がやってきたのはそれからすぐのことだった。

「菊さん、おれ考えたんですよ」

と、来るなりそんなことをいう。上がり框に腰掛け、右足を左の膝にのせて臑《すね》毛《げ》を抜くという行儀《ぎようぎ》の悪さだ。

「考えたこととは……」

「船頭のことです」

次郎はお滝のことを気にして声を低めた。具合よく、お滝は縁側の奥に手鞠《てまり》を取りにいった。それを見てから次郎は言葉を足した。

「まあ、これは駒助が下手人なら、それで一件落着ってことになりますが、そうじゃなかったときのことです」

「そのときは庄助に会うつもりだ」

「へえ、それもそうなんですが、おいらはどうもお滝の親父さんのことが気にかかるんです」

「直七か……」

「へえ、どうして万年橋のそばにいたんでしょう。そりゃ、あの辺は大名屋敷が多いからお武家を乗せての帰りだったたってことは考えられますが、ひょっとすると直七も下手人の片棒を担いでいたんじゃないかと……」

菊之助は片眉を、ぴくっと動かした。

「いいからつづけろ」

「もし、もしもの話ですよ。じつは直七と下手人はつるんでいたが、下手人のほうは欲に目がくらみ、分け前を与えるのがいやになって独り占めをしたんじゃねえかと考えることもできるはずです。それに、下手人にしてみれば、悪さをしたことを知っている者がいるより、いないほうがいいに決まっています」

「ふむ、面白いことをいう。この前も直七のことをおまえは口にしていたな」

「へえ、あんときもそんなことをぼんやり考えていたんですが、やっぱ違うだろうと思って何もいいませんでしたが……」

「なぜ、いまになってそう思うんだ」

菊之助は次郎をまっすぐ見た。

「もし庄助が下手人だとしても、誰かとつるんでいたんじゃないかと、そう思ったんです」

「それがなぜ直七なんだ?」

「昨夜、庄助の家と直七の船宿が近いことに気づいたんです」

菊之助もそれは見落としていたし、考えもしないことだった。かっと目を見開いたまま、壁の一点を凝視した。直七の家、つまりお滝の住んでいた長屋は、松紀伊《きの》国《くに》橋のそば。そして、庄助の家は木挽町一丁目である。さらに、直七の船宿は、紀伊国橋のそば。いずれも隣近所である。

庄助の女房おみつは、美園屋が掛け取りすることを知っていて、そのことを庄助に漏らしてもいる。菊之助の頭の奥で、何かがはじけた。

「お滝、ちょいとこっちにおいで」

縁側で手鞠をついていたお滝が、遊ぶのをやめてそばにやってきた。

「なあに？」

お滝はくるくるした黒い瞳を向けてくる。

「おとうのことだがな、おとうがいなくなった日のことを覚えていないか？」

お滝は人差し指をくわえて視線を彷徨わせた。一生懸命思い出そうと、小鳥のように何度も首をかしげる。

「……思い出せないか」

「……」

お滝は首をかしげるだけだ。

「それじゃな、おとうと仲の良かった人を知らないか？　覚えている人がいたら教えてくれないか」

「んとね。船頭のおじちゃんと、長屋のおじちゃんと、それから左官のおじちゃん」

船頭は同じ船宿の者だろうし、長屋のおじちゃんは、同じ長屋の者と考えていい。気になるのは最後の左官だ。庄助も左官職人である。

「名前はわからないか……。その左官のおじちゃんの名は何といった？」

「左官のおじちゃんはね。えーと、庄助さん」

菊之助と次郎は、はっと顔を見合わせた。

二人はそれからすぐに源助店を出た。

芝居でにぎわう二丁町《にちようまち》の通りを脇目もふらず歩き、親父橋、荒布橋《あらめ》、江戸橋と渡り、三四の番屋に急いだ。まだ、朝五つ（午前八時）前だが、すでに江戸の町は活気づいていた。大番屋に入ると、溜まり部屋に控えていた小者の寛二郎が、飛ぶようにしてやって来た。

「ずいぶん早いですね」

そう問う寛二郎に、

「駒助は白状したか？」

と、厳しい表情のまま菊之助は聞き返した。

「いえ、やつはやっていないの一点張りです。旦那は早くから訊問していますが、往生しているようです」

「秀蔵はいるのだな」

「へえ、調べの最中です」

「大事な話がある。すぐに呼んできてくれ」

寛二郎は要領を得ない顔をしながらも、土間奥に小走りで駆けていった。

待たされることもなく、秀蔵はすぐにやってきた。

「何だ、大事な話ってえのは？」

秀蔵は難しい顔をしていう。駒助に手を焼いているのだろう。

「下手人は他にいるのではないかと考えてみたのだ」

秀蔵は眉根を寄せて、眉間にしわを刻んだ。

「どういうことだ？」

「気づいたのは次郎だ。おまえが話せ」

菊之助がうながすと、次郎は自分が思いついたことを、たどたどしく話していった。話を聞くうちに、秀蔵が強い関心を示してくるのがわかった。

「直七と庄助が知り合いだったというのか」

すべてを聞き終えた秀蔵は式台《しきだい》に腰をおろして、自分の肩を十手でトントンとたたいた。それからゆっくり顔をあげて、菊之助と次郎を見た。

「庄助を押さえよう」

秀蔵はそういうなり、すっくと立ちあがった。

三

秀蔵を先頭に三四の番屋を出た一行は、まずは庄助の自宅に向かった。庄助は仕事に出ていると思われるが、念のためである。秀蔵が率いているのは、菊之助、次郎、寛二郎、五郎七、甚太郎のいつもの顔ぶれである。

まずは庄助の長屋の表と裏を固め、自宅には昨夜訪ねた菊之助と次郎が向かった。

「まだ、何か?」

台所仕事をしていたおみつが、戸口に現れた菊之助と次郎に、怪訝そうな顔を振り向けてきた。

「庄助に話を聞きたいんだが、いないようだな」

菊之助はざっと家のなかの様子を見ながらいった。狭い家は昨夜と変わりないし、当然仕事に出ている庄助の姿もなかった。

「とっくに仕事に行きましたからね」

「つかぬことを訊ねるが、〈萬一《まんいち》〉という船宿の船頭を知らないか?」

萬一は直七が勤めていた船宿だった。

「萬一でしたら、すぐそばですから知っています。うちの亭主もよく萬一の二階で酒を飲んでいるようですし」

「直七という船頭のことは……」

何か口にしかけたおみつの顔が急にこわばった。

「直七さんは殺された船頭さんですけど……まさか、うちの亭主のことを……」

「そういうことじゃない。聞いただけだ。それで、今日はどこで仕事をしているかわからないだろうか」

「今日は山城町《やましろちょう》にある何とかっていう菓子屋といっていましたが……」

「店の名は?」

おみつは前垂れで手を拭きながら、

「……たしか、〈朱雀屋《すざくや》〉といったような気がします」

と、自信なさそうに答えた。

「朱雀屋だな」

「……だったような気がします」

菊之助はすぐに長屋の表に出た。秀蔵がすうっと近づいてきて、どうだったと聞く。

「庄助は仕事に出ている。山城町の朱雀屋という菓子屋らしい」

「朱雀屋……番所に近い有名な京菓子屋じゃねえか。それだったら目をつむっていても歩いていける。よし、行こう」

秀蔵はさっと身をひるがえして紀伊国橋を渡った。役者顔負けの顔立ちだし、歩くたびに、裾裏がちらちらと粋にめくれるので、すれ違う女たちが秀蔵を盗み見ていた。

そんな秀蔵につづく菊之助は複雑な思いであった。もし、庄助が下手人であれば、生まれてくるおみつの赤子は父《てて》なし子になってしまう。早く下手人を捕まえたいという思いはあるが、庄助がそうでないことを心のなかで祈った。

晴れていた空に雲が漂いはじめていた。山城町の朱雀屋についたときには、空の半分が薄い鼠色の雲で覆われていた。そんな空の下で、左官職人らが店の壁塗りに精を出していた。壁といっても、朱雀屋を囲っている土塀だった。

秀蔵は作業場を見渡すと、ひと目で親方とわかる男のもとに歩み寄り、

「南番所の横山という。庄助という男はどこにいる？」

そう聞いたとき、職人のほとんどが作業を中断して、秀蔵たちに目を向けていた。菊之助は先に庄助に気づいていたが、黙って見守っていた。

「庄助でしたら、向こうにおります。庄助、御番所の旦那がお呼びだ！」

親方が声を張ると、股引に腹掛け姿というなりの庄助が恐る恐る歩いてきた。半纏を羽織っていない剝き出しの肌は、真っ黒に日焼けしている。

「庄助か？」

「へい」

庄助はおどおどした目で秀蔵を見あげ、ついで菊之助に気づき、はっと目を瞠った。

「船頭の直七を知っているな」

秀蔵は庄助を直視したまま聞いた。

「萬一の船頭なら、みんな知っております」

「そうかい。それじゃ、美園屋芳右衛門はどうだ？」

真っ黒に日焼けした庄助の顔色が変わるのがわかった。

「よくは……」

「何だ？　知らねえとぬかすか？」

「あ、いえ」

秀蔵の眼光と迫力に、庄助は完全に竦《すく》みあがっていた。

「知ってるんだな」

「あ、はい」

「よし、それなら付き合ってもらうぜ」

秀蔵がさっと庄助の腕をつかむと、庄助は体を強ばらせた。

「逃げようなんてこと考えるんじゃねえ。やましいことをしていないなら、おとなしくついてくるんだ。親方、こいつを借りるぜ」

秀蔵が親方に断りを入れると、寛二郎らが逃げ道を塞ぐように庄助を取り囲んだ。

そのまま三四の番屋に足を向けてしばらくしてからだった。

「どうかご勘弁を……」

と、蚊の鳴くような声を庄助が漏らした。

菊之助は天をあおぎたい気持ちだった。実際、雨雲に覆われつつある空を見あげたのではあるが。さらに庄助は、おれには身籠もっている女房がいるんですと泣き言をいい、もう逃げられないと観念したのか、

「あんなことするつもりはなかったんです」

と、罪を認めもする。

結局、庄助は三四の番屋に向かう間に、自分のやったことをすべて白状していた。

やはり庄助は、女房のおみつから聞いた美園屋の掛け取り話を聞き流してはいなかったのだ。もっとも、聞いたときには金のあるところにはあるものだ、自分には縁のないことだと思ったらしい。

だが、翌朝になって、ひょっとすると芳右衛門の金を盗めるかもしれないと思いはじめた。芳右衛門は老齢である。もし、手代や奉公人を連れない一人歩きなら造作《ぞうさ》ないはずだった。その日、仕事に出た庄助はそのことが頭から離れなかった。そして、ついに実行しようと思い立った。自分の犯行だとわからなければいい。細心の注意を払えば、失敗はしないと高をくくりもした。

翌日の夕刻、庄助は店を出た芳右衛門が、築地の大名屋敷地に向かうのをたし

かめた。しかも、ひとりである。おみつから聞いた話のとおりだった。

上杉家に入った芳右衛門を見届けた庄助は、途中にある采女ヶ原《うねめがはら》の木立のなかで、芳右衛門を待ちつづけた。西に傾いていた日はいつしか沈み、夕闇が漂いはじめた。しかし、待てど暮らせど芳右衛門の帰ってくる気配がない。もしや他の道を使って家に帰ったのではないかと思った。それならそれでよいと思った。もしそのときは、あっさりあきらめて帰ろうと思った。人の金を盗むことが、よくないことはよくわかっていたし、庄助の心も臆《おく》していた。

やはりやめようとあきらめかけたとき、万年橋を渡ってくる芳右衛門の姿が見えた。暗かったし、提灯も提げていないので人違いではないかと思ったが、そうではなかった。

庄助は胸の高鳴りを抑え、息を呑んで芳右衛門を待った。やめよう、いや、やるんだという思いがせめぎ合ったが、体が勝手に動いていた。気づいたときには芳右衛門を突き倒し、巾着を奪い取っていた。

それからは一目散に走って逃げた。心の臓《しんぞう》が激しく高鳴っていた。やってしまった、もう取り返しはつかないという後悔の念もあったが、もう後には引けなかった。

万年橋を渡って左に折れてすぐのときだった。

「庄助じゃないか」

という声がした。

庄助は心の臓が止まるのではないかと思うほどびっくりした。声をかけてきたのは船頭だった。舟提灯の明かりですぐに直七とわかった。

「何を慌ててるんだ」

直七はにやにやした顔で、河岸場に立つ庄助を見あげていた。

「よくおれだってわかりましたね」

庄助はなるべく冷静を装って声を返した。この月明かりだからね。直七は夜空を見あげていった。そのとき、庄助はさっきのことを見られたのではないかと恐れた。

「帰るんですか？」

「ああ」

「だったら乗せていってもらいましょう」

そういって、庄助は舟に飛び乗った。直七が棹《さお》を川に突き立てたとき、庄助は懐に呑んでいた出刃包丁をつかんだ。それから、とっさに振り返るなり、直七に飛びかかるようにして、深々と腹を刺した。

「もうじき子供が生まれると思えば、心許なかったんです。まだ給金は安いし、子供が生まれたらもう少し広い家に住みたいと思ってもいました。……あんな話を聞いたばっかりに、おれは、おれは……」

歩きながら話し終えた庄助は、肩を波打たせて泣いた。

聞いていた菊之助はため息をつくしかなかった。同情の余地はない。ただ、お滝の父・直七が、犯行に加担していなかったことだけが救いだった。

「手間の省ける野郎だ」

三四の番屋の前まで来て、秀蔵があきれたようにいった。

「庄助、いま話したことをもう一度、じっくりおれに話すんだ。口書きを取らなきゃならねえからな。寛二郎、連れてゆけ」

秀蔵が顎をしゃくると、寛二郎が庄助を大番屋のなかに連行した。

「菊の字、それから次郎、おまえたちの手柄だ。美園屋のほうばかりに目を向けていたから、殺された直七から下手人を手繰《たぐ》りよせることには、今回ばかりは思い至らなかった」

「まさに次郎の手柄だ」

菊之助がいうと、次郎はさかんに照れた。

「それからお滝は、ある意味で親の敵を討ったようなものだ。そうは思わないか」

秀蔵にいわれて、菊之助もそうだと思った。

「とにかく、これで片がついた。菊之助、いつものことだが、恩に着る」

「水臭いことはいいっこなしだ。それじゃ、おれはここで失礼する」

菊之助は秀蔵らに背を向けた。まだ、日は高かった。

四

弥勒寺本堂の石段に座っている定吉は、貧乏揺すりをしていた。

卒塔婆を書いたのは住職ではなく、了覚《りょうかく》という僧だった。その了覚は、朝早くから住職といっしょに檀家まわりをしているという。昼過ぎには帰ってくるということだったが、その気配はまったくない。

数十羽の鳩が石畳のそばにたむろして、クウクウと小さな鳴き声を漏らしていた。そんなところに餌があるとは思えないが、さっきから一心に嘴《くちばし》で地面をつつきながら動きまわっていた。

定吉は了覚を待っているだけでいいのだろうかと、徐々に不安になっていた。もし、正吉が了覚に何も話をしていなければ、待っていることが無駄になる。かといって、正吉を捜す手立ては他になかった。忸怩《じくじ》たる思いを払うように立ちあがると、鳩たちが一斉に羽音を立てて舞いあがった。

定吉は門前町に行って、小腹を満たそうと考えた。山門に向かおうとしたとき、卒塔婆のことを教えてくれた坊主が、ひょっこり姿を現した。

「あ、お坊さん、了覚さんはまだ帰ってきませんか」

定吉はすがるような眼差しを向けて聞いた。

「そろそろだと思うんですけどね。ご住職といっしょですから、行く先々でもてなしを受けているのではないでしょうか。そうなると、少し遅くなりますね」

「遅くなるって、どれぐらい……」

「さあ、いつになるでしょう。そうはいっても日が暮れる前には帰ってみえるはずです」

焦っている定吉に対して、坊主はのんきなことをいう。

「夕方ですか……」

定吉は空を見あげた。一面薄い雲に覆われているのに、なぜかまぶしい。太陽は雲の向こうにぼやけていた。親方からもらった休みは明日までである。できれば今日中に正吉の居所を探しあてたかった。それには了覚が最後の頼みの綱のようなものだった。

目の前の坊主は、見つけることができればさいわいだが、自分はどこの檀家をまわっているのかわからないと無責任なことをいう。だいたいの見当ぐらいつくだろうと聞いても、

「なにせ、うちの檀家さんはほうぼうにありますから、北のほうだと教えても、じつは住職たちが南のほうをまわっていたとしたら、申し訳が立ちません」

と、まったく心許ない。

結局、定吉は待つしかないのである。

弥勒寺門前にある一膳飯屋で、ささっと茶漬けをすすって小腹を満たすとまた寺に戻った。山門と本堂の石畳を行ったり来たりするうちに日が徐々に傾いてきた。本堂裏の杉木立でひぐらしが鳴きはじめた。

夕七つの鐘音を聞いて間もなくしてのことだった。山門から山吹《やまぶき》色の法衣《ほうえ》を着

た住職と、二人の僧が戻ってきた。二人のうちのひとりが了覚のはずだ。石段に座っていた定吉は、すっくと立ちあがると駆け寄っていった。

「すいません、了覚さんは……」

「わたしだが、そなたは？」

四十過ぎと思われる背の高い細面《ほそおもて》の僧だった。

「大工をやっておりやす定吉と申しやす。じつはあっしの母親がこの寺の墓に眠っているんでございますが……」

「まあ、待ちなさい。話はゆっくり聞きましょう。ついてきなさい」

遮った了覚は、住職といっしょに庫裡《くり》に向かった。定吉もあとについてゆく。玄関に入ると、あがってこいといわれ、小庭に面した部屋に通された。待つまでもなく、了覚が衣擦《きぬず》れの音をさせながらしずしずと入ってきて、目の前に座った。

「何か急用のようですが、慌てずにお話しくだされ」

「あっしの母親はお正と申します。墓地の北側の、大きな樒《しきみ》のそばにある小さな墓に眠っております。その墓にお参りに来た男がいると思うんです。卒塔婆を書いたのが了覚和尚様だと、この寺の坊さんに聞いたんです」

「お正と申されるか……戒名は？」

「ありません。卒塔婆を頼みに来たのは正吉と申す者です。その者は十年前に生き別れたあっしの弟でして、どうしても会いたいんです。もし、了覚さんが正吉の住まいなどご存じなら教えてもらいたいんです」

定吉は一気にまくし立てた。

了覚はしばらく定吉を眺めていた。境内で鳴く鴉の声がした。

「……正吉さんのことなら思い出しました。先日見えたばかりです。感心な方で、祥月命日だけでなく、天気がよければ月に一度はお見えになります。たしか畳職人でしたな」

定吉はかっと目を瞠った。弟は父親の跡を継いだのか……。

「それで、住まいなどわかりませんか？」

「わかります。しばしお待ちください」

さっと、了覚は立ちあがって、部屋を出ていった。定吉はほっと大きなため息をついた。待った甲斐《かい》があったと思わずにはいられなかった。

了覚はすぐに戻ってきた。

「これをお持ちなさい」

了覚は持ってきた小さな短冊《たんざく》を定吉に渡した。墨が新しいのは、書き写してきたからだろう。その短冊には正吉の住まいが書かれていた。定吉はその短冊を食い入るように見て、深々と頭を下げた。

「ありがとうございます」

弥勒寺を出た定吉は、短冊をあらためて読み直した。

正吉の住まいは、深川西町五兵衛店《にしまちごへえだな》と書かれていた。深川西町がどのあたりにあるのか、よくわからなかった。会う人や通りの店で聞くうちに、大横川《おおよこがわ》近くの町だというのがわかった。弥勒寺の南東のほうである。とにかく大横川に出るのが先だった。川に出さえすれば、あとはすぐにわかるはずだ。定吉は傾く夕日と競うように足を急がせた。

大横川に出ると、また近くの店で聞いた。今度はすぐに深川西町の場所がわかった。定吉の胸が高鳴った。会ったら何をいおう。最初に謝るべきだろうが、手土産も持たずに訪ねていいものだろうか、親父はどうしているのだろうかと、いろんな思いが錯綜《さくそう》した。

ついに深川西町にやってきた。近くの木戸番に訊ねると、五兵衛店はすぐにわかった。そればかりでなく正吉の家まで、木戸番は教えてくれたのだった。

もう日は暮れており、町屋には夕闇が立ち込めていた。

急いできたのに、足取りが鈍くなった。正吉の家は長屋の路地にある裏店ではなく、脇道に面していた。戸障子が開けられており、家のなかをのぞき見ることができた。

腰高障子に「畳　正吉」という文字が躍っていた。

敷居の先の板の間にひとりの男が座っており、畳針を口にくわえ、片肘で畳の縁をぐいっと押さえていた。青い藺草《いぐさ》の香りが、その家のなかから漂ってきた。

正吉……。

心中でつぶやいた定吉は、そのまましばらく動くことができなかった。

五

「下手人が捕まったのは何よりでございました」

夕餉の膳に酒を添えたお志津がいった。

「それにしても、あやつ、出来心とはいえ、とんでもないことを……」

菊之助は盃を口に運んで首を振った。

「どんなに苦しかろうが貧しかろうが、やっちゃいけないことをしやがって……。後に残された女房と生まれてくる子供のことなど考えなかったのか」

「菊さんが腹を立てても仕方ないことではありませんか」

「そりゃそうだが、どうにも情けないのだ。お滝、こっちに来なさい」

菊之助はお滝をそばに呼んで座らせた。目をきらきら光らせて、なあに、と可愛く聞く。

「おまえはしっかり生きるのだぞ。間違ったことはしてはならないぞ。まっすぐいまの心のまま生きるんだ。わかるか？」

お滝はきょとんとしていたが、小さくうなずいた。

「今日は何か楽しいことはあったかい？」

「うん、お夕ちゃんとたくさん遊んだよ」

お滝は元気よく答えて、明日も遊ぶんだと、嬉しそうに微笑んだ。菊之助は口許をゆるめて、お滝の頭を撫でてやった。それからゆっくり盃に口をつけた。

「……定吉のほうはどうなっているかな」

しばらくして、ぽつんとそんなことをいった。

「卒塔婆に正吉さんの名が書いてあったらしいですから、それからわかるはずなんですけど……」

お志津が膳部を下げながらいう。

「それじゃ会えただろうか？」

「さあ、どうでしょう。会えていたらよいですね」

「うむ」

ごめんください、という声がしたのはそのときだった。

開け放たれている戸口を見ると、たったいま話していた定吉が立っていた。

「いかがした。弟には会えたか？」

「はい、居所はわかったのですが……」

「それでどうした。とにかくお入り」

菊之助が勧めると、定吉はおずおずと居間にあがり込んできた。お志津も台所の洗い物をあとにして、そばにやってきた。

「居所がわかったのなら会えたんでしょ」

「それが……」

「会えなかったの？」

定吉は歯痒《はがゆ》そうに顔をしかめた。

「どうした？」

菊之助が問うと、定吉が顔をあげた。

「弟は生きておりました。畳職人として小さいながらも店を出しておりました。まだ、二十三だというのに立派なものです。そんな弟の働く姿を見ているうちに、おれは会ってはいけないんじゃないかと思ったんです。親父と弟を捨てて家を飛び出したんですから、いまさら合わせる顔がありません」

「そんなことはないだろう」

「いいえ、あっしは弟を殺そうとしたんです。それに親父に切りつけています。もし、あっしがあいつだったらどう思うだろうかと考えたんです。おそらく許せないはずです。殺したいほど憎むでしょうし、二度と面など見たくないと思うはずです。それに十年もたっているし、あっしなど死んだと思い込んでいるかもしれません。だったら、このまま会わずに、元気な顔を拝んだだけで帰ったほうがいいんじゃないかと思ったんです」

「……そうか」

菊之助は定吉の気持ちがわからなくもなかった。

「お父上はどうなの？」

お志津が身を乗り出して聞いた。

「それはわかりません。元気に仕事をしている正吉の姿を見ただけですから……」

「でも、弟さんにはきちんと会ったほうがいいと思うわ。そりゃ定吉さんが気を回すのもわかりますけど、弟さんはそう思っていないかもしれない。定吉さんに会いたがっているかもしれないじゃない」

「そんなことは……」

定吉は首を横に振ったが、菊之助もお志津のいうとおりだと思った。

「……定吉、明日もう一度会いに行ったらどうだ。やっと捜しあてたのだ」

「半殺しの目にあうかもしれません。いえ、そうなってもいいんですが、やつの静かな暮らしをあっしが出てゆくことで乱すことになったらと、そんなことを考えるんです」

「兄弟なんだぞ。同じ血を分けた兄と弟ではないか。このまま会わなかったら、一生会えずじまいになりはしないか。あとになって後悔することになりはしないか……」

「………」

「ひとりで行けないなら、ついていってやる。そうだ、いっしょに行こう」

「そうだわ、菊さんがいっしょなら何が起きても大丈夫よ。きっと丸く収めてくれるわよ。そうだ、わたしもいっしょに行こうかしら」

お志津も説得にあたった。

「しかし、そんな面倒をおかけしては……」

「いや、これも何かの縁だ。そうしよう。明日の朝、もう一度来てくれるか」

菊之助の言葉に、定吉はしばらく黙り込んでいたが、

「わかりました。ご面倒をおかけしますが、お願いいたします」

と、折れた。

六

昨日とは違い、雲ひとつない蒼穹《そうきゆう》が広がっていた。

菊之助とお志津は、もしや定吉は来ないのではないかと危惧《きぐ》していたが、何だか吹っ切れた顔をしてやってきた。

「ご面倒をおかけして申しわけありませんが、よろしくお願いします」

と、元気な声でいう。これがいつもの定吉なのだろう、と菊之助は思った。お滝をどうしようか迷ったが、ちょうど具合よく浜吉の女房おたえがお夕と遊びに来たので、預けることにした。

「半日ぐらいどうってことありませんよ。お夕とお滝は仲がよいから、手もかからないし……」

と、おたえは愛想よくいう。

それから定吉の案内で、菊之助とお志津は深川西町の正吉の家に向かった。

「何から何までお世話になりまして、荒金さんには何とお礼をいったらよいかわかりません」

「そんなことは気にすることない」

「昨夜、おかみさんにもいわれましたが、宿に帰ってから、ひょっとすると弟もあっしに会いたがっているのではないかと思ったんです。たとえそうでなくても、やはり会って話すべきだと気づきました。少なくとも十年前のことは謝らなければなりませんし」

定吉は、どうやら肚をくくったようだ。

三人は永代橋を渡って深川に入った。

しかし、正吉の家が近づくにつれ、定吉の口数が少なくなり、表情も硬くなった。

「定吉さん、しっかりなさい」

お志津が励ますようにいうと、定吉はわかっていますと、硬い表情のまま応じた。

深川西町に入り、二つ目の路地を曲がったところで、定吉の足が止まった。一方に目をやって、

「その先の店がそうです」

という。

菊之助は畳屋という看板を目にした。戸口は開け放たれており、家のなかでひとりの男が捩り鉢巻きで仕事に精を出していた。股引に腹掛けという、いかにも職人のなりだった。その横顔は定吉によく似ていた。

「……定吉、行くんだ」

「はい」

口を真一文字に結んで、定吉は足を踏み出した。それから店の前で立ち止まり、じっと正吉の様子を見ていた。気配に気づいた正吉が、額の汗をぬぐいながら顔

をあげた。

二人の視線がぶつかり、しばらく時間が止まったような沈黙があった。二人とも まばたきもせず、息を呑んだままだった。

「……正吉、だな」

先に口を開いたのは定吉だった。

「まさか……」

正吉は大きく目を見開いたままだった。

「おれだ、おまえの兄貴の定吉だ」

正吉は信じられないような顔をしてゆっくり立ちあがった。

「よくここがわかったな」

「捜したんだ」

「何でいま頃になって……。ま、いいから入りなよ。こんなところだけど……」

正吉は穏やかにいって、店のなかに定吉を招き入れた。見守っている菊之助は、ほっと胸をなで下ろした。

「どうしてここがわかった？」

「おっかさんの墓参りに行って、寺の坊さんに聞いたんだ。どうやって捜していいかわからなかったけど、墓参りに行ったのがよかった」

「……そうだったのか」

「正吉、すまなかった」

定吉は一歩後ずさると、そのまま土下座をした。

「おめえにひでえことをして逃げたおれだ。許しちゃくれまいと思っていたんだ。じつをいうと、昨夜この店の前まで来たんだ。だが、声をかけるのが怖くて、そのまま帰っちまった。とにかく、おれはおまえに……すまなかった。このとおりだ。許してくれ」

土間に額をこすりつけて謝る定吉は肩を震わせて泣いた。正吉は何もいわずに首を振ってから、

「兄貴。あんなこと、とっくの昔に忘れているよ。でも、よく生きていたな。おれは自棄《やけ》を起こして死んだんじゃねえかと思っていたんだ。兄貴、そんなことはいいから立ってくれ」

「許してくれるのか……」

定吉は泣き濡れた顔をあげた。

「許すも何もねえじゃねえか。たった二人の兄弟だろ。兄貴らしく、おれに頭下

げるのなんかやめてくれ、みっともねえじゃねえか」

正吉は目の縁を赤くしていた。無理に微笑んでもいた。

「すまねえ」

そういって定吉が立ちあがったとき、暖簾のかかっている土間の奥からひとりの男が現れた。

「お客さんかい？」

出てきた男は真っ白い髷をしていた。鼻の脇と額に深いしわがあるが、老人という年齢ではなかった。男は定吉に気づくと、幽霊でも見たような顔をした。

「おまえ……まさか……」

「……ひょっとして、おとっつぁんかい」

定吉はかすれた声を漏らして男を見つめた。男はよろけるように、定吉に近づいてきた。

「定吉か……」

「そうだよ。倅の定吉だよ。おとっつぁん、元気だったのか……」

「ああ、見てのとおりだ。あれは……」

定次郎の視線に気づいた定吉が背後を振り返った。

「いろいろ世話になった人なんだ。荒金菊之助さんとおっしゃる方と、おかみさんだよ。入ってもらってもいいかい」

「ああ、遠慮はいらねえ」

定次郎は勧めたが、

「いや、積もる話もあるでしょうから、わたしらは外で……」

菊之助は断って、表に出してある縁台に腰をおろした。それでも耳だけは店のなかに向けていた。隣に腰をおろしたお志津は、何度も目頭をぬぐっていた。

定吉は年老いた父・定次郎を見て、きりきりと胸を痛めた。それでも、思っていた以上に元気そうだった。顔の色つやも昔よりいいように見える。

「何をしてるんだ?」

「大工だよ。南品川の清兵衛という棟梁に世話になって、どうにか一人前にしてもらった。近いうちに所帯を持つことにもなって……」

「そりゃ目出度いことだ。よかったな、定吉」

よかったな……。まさか、そんな言葉を父親からかけてもらえるとは思わなかった。定吉の胸はかあっと熱くなった。そのましっかり父親を見つめて、

「おとっつぁん、おれを恨んでるんじゃねえのか。おれは、おとっつぁんにひどいことをして……」

言葉がつづかなかった。そのまま唇を嚙んで、肩を震わせた。泣くまいと思っても、涙は自然に溢れるのだった。定次郎は定吉を静かに眺めていた。それから唇を震わせるようにして、口を開いた。

「定吉、謝るのはおれのほうだ。おまえに切りかけられたあのとき、おれはやっと目が覚めたんだ。このままじゃいけねえ、もう一度一から出直さなきゃ、おれは一生うだつの上がらない男になると思い知らされた。それで、大家には申し訳なかったが、店賃を溜め込んだままあの長屋を出たんだ。きっとおまえは帰ってこないと、一晩考えた末のことだった。それから、ぴたりと酒をやめて、正吉に仕事を仕込んできた。お陰で、この店が持てるまでになった」

「そうだったのか……。だけど、正吉、おまえどうやってあのとき……」

定吉は泣き濡れた顔を正吉に向けた。

「おっかさんの葬式の晩のことだろ。よく覚えているよ。兄貴がおれに腹を立てて殴ったことは……いいように蹴られもしたしな」

「………」

「それで足を踏み外して大川に落ちてしまった。死ぬかと思ったけど、必死になって岸壁にしがみついていたんだ。まるで蛙みたいにさ。兄貴はおれを捜していたよな。だけど、あのとき返事をすれば、また殴られると思った。それが怖くて、おれはずっと黙っていたんだ。多分、兄貴はおれが溺れたと思ったんだろう。だけど、おれはちゃんと生きていた」

「それじゃ、おまえはおれの足許に……」

「そうだよ。暗くて見えなかったんだろ。それに兄貴は遠くのほうばかり見ていたしな。とにかく、岸にあがって家に帰ると、おとっつぁんが怪我をしていた。聞けば兄貴に切られたという。あんときは心底兄貴のことを怖いと思った。それで、おとっつぁんにいったんだ。逃げたほうがいいと」

「……そうだったのか」

「それで夜逃げ同然のようにして長屋を出て、深川にやってきたんだ。だけど、おとっつぁんは、その頃から変わってな。酒をやめて、ちゃんと働くようになった。そして、おれに仕事を教えてくれるようになった。兄貴に対する思いが変わったのは、二年か三年たってからだった。兄貴が悪いんじゃなくて、おれが悪かったんだと。兄貴が腹を立てたのは、おっかさんを死なせたくなかったからだと、よくわかったんだ。だから、おれは殴られて当然だった。ほんとだぜ、兄貴。おれは兄貴のこと恨んでもなんでもいねえよ。こうやって会いに来てくれてほんとに……嬉しいよ……兄貴……」

それまで堪《こら》えていた感情が切れたのか、正吉は堰《せき》を切ったように涙をこぼし、ついで定吉の手をしっかりつかんだ。定吉もがっちりとつかみ返してやった。

「兄貴、よかったよ。来てくれてありがとうよ」

「そんなこというんじゃねえよ。それから、おとっつぁん……」

定吉が定次郎を見ると、定次郎も涙を浮かべていた。

「おとっつぁん、腕はどうなんだい？」

定吉は心配そうに父親の右腕を見た。

「あんなのはかすり傷だ、ほれ、このとおりだ」

定次郎はおどけたようにいって、腕をまくって見せた。癒《い》えた傷跡があった。

「それにしても定吉よ、おれが至らなかったばかりに、おまえには苦労をかけた。すまなかった」

定次郎はそういって頭を下げもする。

「そんなこと、やめてくれ」

三人は互いに背中を丸めるようにして、しばらく泣いていた。

表の腰掛けに座っていた菊之助もお志津も、もらい泣きせずにはいられなかった。

父親と弟と再会した定吉は、一刻近く話し込んでいた。ようやく一段落すると、

「おれは帰らなきゃならないが、祝言《しゅうげん》の日取りが決まったら知らせるから、きっと来てくれよ」

と、定吉は父と弟にいった。

「目出度い祝い事じゃないか、必ず行くさ。なあ、おとっつぁん」

正吉が元気よくいえば、定次郎も力強くうなずいた。

七

それから三日後――。

菊之助はいつものように研ぎ仕事に専念していた。

夏の暑さはすっかり遠のき、汗もさほどかかなくなった。年中こうだといいんだがと、内心で思いながら、菊之助は仕事に精を出す。

ふと仕事の手を休めて、父親と弟と再会を果たした定吉のことを思った。十年間という長い間、抱え込んでいた定吉の悩みは、結果的にはまったくの杞憂《きゆう》だった。逆に親と子、また兄と弟が和解したことで、互いの絆《きずな》が深まったのはなによりだった。

何度も頭を下げて品川に去っていく定吉を見送ったとき、菊之助はいつにない清々《すがすが》しさを感じていた。

よかったよかったと、内心でつぶやく菊之助は我知らず頬をゆるめて、仕事に戻った。

秀蔵がやってきたのは、その日の暮れ方だった。いつもは小者を連れているが、めずらしくひとりである。

「お陰で片がついた。それに庄助の野郎だけでなく、布引の駒助も捕まえることができ、御奉行からずいぶん褒められて、尻がこそばゆいほどだ」

秀蔵は上がり口に座って、照れくさそうな顔をした。

「そりゃ何よりじゃないか」

「おまえさんに預けているお滝が、なぜ庄助のことを覚えていたのか気になっていたんだがな。何のことはねえ、直七の船宿に遊びに行くたびに庄助が可愛がっていたそうだ。それで直七と庄助も親しかったらしい」

母親のいないお滝は、昼間直七の船宿に預けられていた。そんなことで、庄助をよく知っていたのだ。

「なるほど、そういうことだったか」

「で、お滝のことだがな、ようやく引き取り手が現れた。おまえにはいろいろ無理を聞いてもらってすまなかった」

「他人行儀なことはいいっこなしだ。それで、その引き取り手というのは?」

「直七の兄貴だ。いま、おまえの家のほうに来て、お滝と遊んでいるよ」

「なに、もう来てるのか」

菊之助は母屋のほうに目を向けた。

「ずるずるしていられねえだろう」

「……ま、そうだな」

「それから菊の字、これを……」

秀蔵はそういって袱紗《ふくさ》に包んだ金を差し出した。

「いつものことだ。お滝の世話賃と助っ人料だ。黙って納めておけ」

断っても無駄なことはわかっている。袱紗には望外にも、十両が包まれていた。

菊之助は素直に受け取った。

「それじゃ、遠慮なく頂戴する」

「仕事はまだ終わらねえのか？」

「いや、もう仕舞いだ。お滝の引き取り手が来てるんだったら、会いに行こう」

菊之助は腰をあげた。

お滝を引き取るという直七の兄は直吉《なおきち》といった。巣鴨《すがも》で植木屋をやっているらしい。

「親戚の者といろいろ相談したんですが、引き取るのはやはり自分しかいないということになりましてね。うちにも四人子供がいるんですが、こうなったら四人も五人も変わりませんから……」

直吉は細面だが、実直で芯の強そうな目をしていた。

「大変でしょうが、ひとつよろしくお願いいたします」

お志津が丁寧に頭を下げた。

「そんなお願いだなんて、礼をいわなければならないのはこっちのほうです。さんざんお世話になりまして、それに弟の敵も捕まったようですし、少しは気持ちが楽になっているところなんです。ほんとにお世話になりました」

直吉は菊之助とお志津に深々と辞儀をして、お滝を呼んだ。だが、座敷の奥にいるお滝は呼ばれてもじっとしていた。

「どうしたの、お滝。おじちゃんが呼んでいるわよ」

お志津が微笑んでいっても、お滝は怒ったように頰をふくらましたまま動こうとしなかった。

「知らないおじちゃんじゃないでしょ。今日からおじちゃんの家に移るんですよ。さあ、駄々をこねないで、こっちへいらっしゃい」

お志津の呼びかけにお滝はやっと応じはしたが、気乗りしない顔は変わらなかった。

「お滝、ここのおじちゃんとおばちゃんにご挨拶だ。今日からおまえはうちの子になるんだからな。いいな。さあ、お礼をいいなさい」

お滝はうつむいたまま黙り込んでいた。

まわりの大人たちは互いの顔を見合わせ、苦笑するしかなかった。

「申しわけありません。すっかりこの家が気に入ったんでしょう。とにかく何から何までお世話いただき、ご面倒をおかけいたしました」

「いいえ、こちらも気が紛れて楽しいときを過ごすことができました」

お志津が応じて、お滝の手を取った。

「お滝、それじゃ行くのですよ。でも、また遊びに来てね。おばちゃんも遊びに行くからね」

お滝は下を向いたまま小さくうなずいた。

「さ、それじゃ。ここで……」

直吉がお滝を連れて家を出ていった。菊之助とお志津も追うように家を出た。表通りに出ると、お滝を連れた直吉が振り返って再度辞儀をした。菊之助もお志津も、そして秀蔵も無言のまま去ってゆくお滝を見送った。

「お滝ちゃん！」

突然の声はお夕だった。その声で、背中を向けていたお滝が振り返った。と、するっと直吉の手を離れて、駆け戻ってきた。そのままお夕のほうに行くのかと思ったら、まっすぐお志津の胸に飛び込んできた。

「行きたくない。おばちゃんの家がいい。お願い、おばちゃんの家の子にして。おじちゃんも好きだし、あたし、こっちにいたい。いたいよぅ……」

お滝は泣きだした。

お志津が困り果てた顔で菊之助を見た。菊之助は何もいわずに、首を横に振った。直吉が戻ってきて、再びお滝の手をつかんだ。

「お滝、我《わ》が儘《まま》をいっちゃならねえだろう。さ、来るんだ」

ぐいと手を引かれたお滝は、お志津の胸から離れていった。そのまま後ろ向きのまま、お志津と菊之助を見つづけていた。

「お滝ちゃん、さよなら。お滝ちゃん、遊びに来てね。お滝ちゃん、またね……」

おたえに連れられているお夕は、ずっとお滝に声をかけつづけていた。

そんなお夕を、お滝は怒ったような顔で見て、

「お夕ちゃん、ありがとう!」

と、しっかりした声でいって、くるっと背を向けた。

そのままお滝は振り返りもせず、直吉に連れられて遠ざかっていった。

茜雲《あかねぐも》の浮かぶ空を数十羽の鴉が、家路を急ぐように飛んでいた。

と、お滝が何かを思い出したように振り返った。

「おばちゃん! おじちゃん!」

お滝はちぎれんばかりに手を振った。

お志津も振り返した。菊之助も見習って手を振った。

「……お滝」

涙声をこぼすお志津は、指先で目尻をぬぐい、

「またね、お滝」

と、声をつまらせた。

やがて、直吉とお滝の姿が町屋の角に、すうっと消えて見えなくなった。

「それにしても浮世とは因果なものだ。親と子……断たれる絆もあれば、一度切れてまた元に戻る絆もある」

つぶやきを漏らした菊之助は、お志津と共に放心したように、しばらく表通りに立っていたが、

「さあ、湿っぽい別れはおしめえだ。菊の字、たまには酒でも飲むか」

と、秀蔵が声をかけてきた。

「いいだろう。お志津、おまえも付き合いなさい」

「これはまた嬉しいことを」

お志津は快く応じた。

「それじゃ、三人でどんちゃん騒ぎでもやらかすか」

秀蔵がおどけたようにいって、朗《ほが》らかに笑った。

にわかに日の光が弱くなると、静かに虫の声が湧きはじめた。初秋の夕暮れのことだった。

二〇〇九年六月　光文社文庫刊

光文社文庫

長編時代小説
親《おや》子《こ》の絆《きずな》　研《と》ぎ師《し》人情《にんじょう》始《し》末《まつ》(十)　決定版

著　者　稲《いな》葉《ば》　稔《みのる》

2021年4月20日　初版1刷発行

発行者　鈴木広和
印　刷　堀内印刷
製　本　フォーネット社

発行所　株式会社　光文社
〒112-8011　東京都文京区音羽1-16-6
電話　(03)5395-8149　編集部
8116　書籍販売部
8125　業務部

ISBN978-4-334-79186-5　Printed in Japan

組版　萩原印刷